## 中华传统节日诗词故事

# 春节·元宵

陆 襄 主编 朱福生 编著

上海远东出版社

**图书在版编目(CIP)数据**

中华传统节日诗词故事. 春节·元宵/陆襄主编. —上海：
上海远东出版社，2017
ISBN 978-7-5476-1261-3

Ⅰ. ①中… Ⅱ. ①陆… Ⅲ. ①古典诗歌—鉴赏—中国
Ⅳ. ①I207.22

中国版本图书馆 CIP 数据核字(2017)第 049693 号

**责任编辑** 殷卫星
**装帧设计** 李 廉

**春节·元宵**
陆 襄 主编
朱福生 编著

**出　　版** 上海遠東出版社
(200235 中国上海市钦州南路 81 号)
**发　　行** 上海人民出版社发行中心
**印　　刷** 上海信老印刷厂
**开　　本** 850×1168 1/32
**印　　张** 4.5
**字　　数** 60,000
**版　　次** 2017 年 6 月第 1 版
**印　　次** 2020 年 1 月第 2 次印刷
ISBN 978-7-5476-1261-3/G·800
**定　　价** 18.00 元

# 编者的话

中华传统节日以宏大丰富的内容、绚烂缤纷的色彩展示了我国民族文化的壮丽画卷，寓含了深刻的文化内涵。在我国古代诗词中，与节日有关的作品数量可观，佳作迭现。这些古代诗词以其独特的形式记载了节日习俗的特点，生动地反映了古代人民过这些传统节日时的情形和心情，充分发掘了传统节日的意义，给予传统节日更为丰富的人文情感，丰富了传统节日的内涵，并对后世产生了深远的影响，如“每逢佳节倍思亲”（王维《九月九日忆山东兄弟》）、“爆竹声中一岁除”（王安石《元日》）、“但愿人长久，千里共婵娟”

(苏轼《水调歌头》)等节日名句更是家喻户晓。

2006 年,《国务院关于公布第一批国家级非物质文化遗产名录的通知》明确指出,“保护和利用好非物质文化遗产,对于继承和发扬民族优秀文化传统、增进民族团结和维护国家统一、增强民族自信心和凝聚力、促进社会主义精神文明建设都具有重要而深远的意义”;同时,把文化部申报的春节、清明节、端午节、七夕节、中秋节、重阳节等节日正式纳入民俗类非物质文化遗产保护范围。

2008 年 4 月 1 日,中共上海市科技教育工作委员会、市教委也发出了《关于在本市大中小学广泛开展传统节日教育的通知》。《通知》指出:“中华民族历史悠久,源远流长。中国传统节日凝结着中华民族的民族精神和民族情感,承载着中华民族的文化血脉和思想精华,是维系国家统一、民族团结和社会和谐的重要精神纽带,是建设社会主义先进文化的宝贵资源,是对青少年进行思想道德教育的重要载体。”

2017 年,农历丁酉年春节前夕,中共中央办公厅、国务院办公厅,颁布了《关于实施中华优秀传统文化传承发展工程的意见》(简称《意见》),为中华儿女最看重的这一传统节日,增添了一分带有文化亲情的色彩。

文化是民族的血脉,是人民的精神家园。《意见》对增强传统文化生命力、影响力,意义重大。

《意见》坚持创造性变化和创新性发展,使中华民族最基本的文化基因与当代文化相适应、与现代社会相协调,把优秀传统文化贯穿国民教育始终,以此来滋养文艺创作、并将其融入生产生活。根据这一精神,政府将实施一系列继承发展工程,如构建中华文化课程和教材体系、加强国民礼仪教育,推进戏曲、书法、高雅艺术、传统体育进校园,以及推动中华传统节日振兴工程等。

为弘扬民族精神,推动传统节日教育,我们编写了“中华传统节日诗词故事”系列丛书,其中既包括了历代优秀的节日诗词,又介绍了与节日诗词有关的诗词故事,包括节日风俗、诗话词话和文人轶事等。

如果本书能够满足读者需要,在中华优秀传统节日振兴工程中,尽其微薄之力,能让优秀传统节日文化活起来,传下去,我们将深感荣幸。

# 目　录

## 春节

【扩展阅读】

中 华 传 统 节 日 诗 词 故 事

# 春 节

农历将一年的第一天——正月初一称为元日。汉代张衡的《东京赋》中“于是孟春元日，群后旁戾”，可能是最早将“正月初一”称为“元日”的文字记载。元日还有许多别名，如元旦、元朔、元正、正旦、端日、岁首、新年、元春等等，不过还是以“元日”的称呼用得最多。现在将公历的一年之首称作“元旦”，而农历的元日（元旦）则专门使用“春节”这一名称。

# 节日风俗

## 1. 元日朝会

汉代以来，每逢元旦，朝廷都要举行元会，群臣百官以及外国使节都会来朝祝贺。“于是孟春元日，群后旁戾”的意思就是正月初一，四方诸侯来朝廷祝贺新年。唐、宋因袭此风尚。唐德宗李适《元日退朝观军仗归营》中“献岁视元朔，万方咸在庭”，是从接受朝拜的皇帝的视角记载元朔之日万方在庭的场景。盛唐、中唐之际的诗人卢纶等人，则是从朝拜者的角度记载百官朝贺的盛况：“万戟凌霜布，森森瑞气间。垂衣当晓日，上寿对南山。济济延多士，跹跹舞百蛮。小臣无事谏，空愧伴鸣环。”（《元日早朝呈故省诸公》）杨巨源《元日观朝》：“天颜入曙千官拜，元日迎春万物知……丹凤楼前歌九奏，金鸡竿下鼓千声。”（《元日含元殿下立仗丹凤楼门下宣赦相公称贺二首·其一》）许浑：“千官共削奸臣计，万国初衔圣主恩。”（《正元》）这些诗句，为我们描绘了百官于元旦早朝庆贺新年的场景：从万戟森森的御前警卫中趋步前行，文武百官依照官阶品位依次行礼称贺，然后，在鼓乐歌舞中举行酒会。宋代同样如此，宋人孟元老《东京梦华录》记载："正旦大朝会，……诸国使人入贺殿庭。列法驾仪仗，……各执方物入献。"

## 2. 燃放爆竹

燃放爆竹，是古代新年习俗。南朝梁代宗懔《荆楚岁时记》说："（元日）鸡鸣而起，先于庭前爆竹，以辟山臊恶鬼。"所谓"山臊恶鬼"，据《神异经》说："西方山中有人焉，其长尺余，一足，性不畏人，犯之则令人寒热，名曰山臊；以竹著火中，烞熚有声，而山臊惊惮。"也就是说，燃放鞭炮的原始目的在于惊吓山臊。

当午夜交正子时，新年钟声敲响，整个中华大地上空，爆竹声震响天宇。在这"岁之元、月之元、时之元"的"三元"时刻，有的地方还在庭院里垒"旺火"，以示旺气通天，兴隆繁盛。在熊熊燃烧的旺火周围，孩子们放爆竹，欢乐地活蹦乱跳。这时，屋内是通明的灯火，庭前是灿烂的火花，屋外是震天的响声，把新年的热闹气氛推向了最高潮。

### 3. 饮屠苏酒

在送暖的春风中，阖家欢饮屠苏美酒。屠苏酒，是用屠苏草浸泡的酒。按旧时民俗，在正月初一时，家家按照先幼后长的次序饮屠苏酒。《初学记》引《四民月令》云："正旦进酒次第，当从小起，以年小者起先。"《时镜新书》晋董勋解释说："正旦饮酒先从小者，何也？勋曰：'俗以小者得岁，故先酒贺之，老者失时，故后饮酒。'"

古代之所以在元日饮屠苏酒，还有一种传说，或说是一个故事："俗说屠苏乃草庵之名。昔有人居草庵之中，每岁除夜遗闾里一药贴，令囊浸井中，至元日取水，置于酒樽，合家饮之，不病瘟疫。今人得其方而不知姓名，但曰屠苏而已。"

### 4. 桃符和春联

早在秦、汉以前，我国民间每逢过年，有在大门的左右悬挂桃符的习俗。桃符就是用桃木做的两块大板，上面画有神荼、郁垒二神，悬门之左右，用以驱鬼压邪，祝福新的一年平安吉祥。桃符的来历有个古老的传说：相传东海度朔山有大桃树，其下有神荼、郁垒二神，能食百鬼。因此，才有用桃木板画二神于门上以驱鬼辟邪的风俗。《荆楚岁时记》说："正月一日，帖画鸡户上，悬苇索于其上，插桃符其旁，百鬼畏之。"

五代后蜀始于桃符板上书写联语。据历史记载，后蜀之主孟昶(chǎng)在公元964年除夕题于卧室门上的对联"新年纳余庆，嘉节号长春"，是我国最早的一副春联。其后改书于纸，演变成为后来的春联。由于春联的出现和桃符有着密切的关系，所以古人又称春联为"桃符"。宋代以后，新年悬挂春联已经相当普遍了。王安石《元日》诗"千门万户曈曈日，总把新桃换旧符"，陆游《除夜雪》诗"半盏屠苏犹未举，灯前小草写桃符"，正是这种风俗的生动写照。

到了明代，明太祖朱元璋大力提倡对联。他在金陵(现在的南京)定都以后，命令大臣、官员和一般老百姓家除夕前都必须书写一副对联贴在门上，他亲自穿便装出巡，挨门挨户观赏取乐。当时的文人也把题联作对当成文雅的乐事，写春联便成为一时的社会风尚。入清以后，乾隆、嘉庆、道光三朝，对联犹如盛唐的律诗一样兴盛，出现了不少名联佳对。

## 5. 贴年画

贴年画是后起的年俗。年画，也和春联一样，起源于“门神”。春联由神荼、郁垒的名字而向文字发展，而年画依然沿着绘画方向发展。

木板印刷术的兴起，催生了年画的快速发展。明太祖朱元璋提倡春节贴春联，年画受其影响更为盛行。年画的内容已不仅限于门神之类，题材更为丰富。我国收藏最早的年画是南宋《随朝窈窕呈倾国之芳容》木刻年画，画的是王昭君、赵飞燕、班姬和绿珠四位古代美人。年画作坊中产生了《福禄寿三星图》、《天官赐福》、《五谷丰登》、《六畜兴旺》、《迎春接福》等彩色年画，以满足人们喜庆祈年的美好愿望。民间流传最广的是一幅《老鼠娶亲》的年画。这幅年画描绘了老鼠依照人间的风俗迎娶新娘的有趣场面，构图生动活泼、热闹非凡。

### 6. 倒贴“福”字

新春到，福气到。据《梦粱录》记载：“岁旦在迩，席铺百货，画门神桃符，迎春牌儿……”；“士庶家不论大小，俱洒扫门闾，去尘秽，净庭户，换门神，挂钟馗，钉桃符，贴春牌，祭拜祖宗”。文中的“贴春牌”即是写在红纸上的“福”字。

“福”字是指“福气”、“福运”。元日贴“福”字，寄托了人们对幸福生活的向往，也是对美好未来的祝愿。民间为了更充分地体现这种向往和祝愿，干脆将“福”字倒过来贴，“倒”与“到”谐音，寓意“福气已到”。

### 7. 拜年

拜年是元日习俗。正月初一，小辈要依次向长辈拜贺新年，这在南朝梁代宗懔的《荆楚岁时记》中就有记载。邻里朋友新年见面也要相互拜贺。宋代戴昺《次韵屏翁新元聚拜》诗“履端来聚拜，和气洽昌辰。繁衍如今日，栽培岂一人。诗书延润泽，忠厚续长春。相祝无多语，年新德又新”，写了朋友聚拜的场景。清代孔尚任《甲午元旦》诗云“鼓角梅花添一部，五更欢笑拜新年”，写出了互拜新年的欢乐气氛。

到了宋代，上层统治阶级和士大夫感到互相登门拜年，耗费时日，便用名帖相互投贺。宋人周辉《清波杂志》称：“宋元祐年间，新年贺节，往往使用佣仆持名刺代往。”这种名帖发展到后来就成了贺年片。当时的这种名帖一般是用梅花笺纸裁成的约二寸宽三寸长、上面写着自己的姓名和地址的卡片。朋友之间在农历正月初一这一天，互相赠送，甚至不太熟悉的人也送一张，以广交游。明代，投寄名帖（贺年片）之风更甚，文徵明《拜年》诗“不求见面唯通谒，名纸朝来满敝庐。我亦随人投数纸，世情嫌简不嫌虚”，既反映了当时社会的这种风气，也隐含了对世道人情的讽刺。

## 8. 压岁钱

清代富察敦崇《燕京岁时记》说：“以彩绳穿钱，编作龙形，置于床脚，谓之压岁钱。尊长之赐小儿者，亦谓之压岁钱。”由此可见，压岁钱有两种：一种是以彩绳穿线编作龙形，置于床脚；另一种是最常见的，即由家长用红纸包裹分给孩子的钱。压岁钱可在晚辈拜年后当众赏给，亦可在除夕夜孩子睡着时，由家长偷偷地放在孩子的枕头底下。这是清代开始的年俗。清人吴曼云《压岁钱》诗云：“百十钱穿彩线长，分来再枕自收藏。商量爆竹谈箫价，添得娇儿一夜忙。”孔尚任《甲午元旦》诗说：“剪烛催干消夜酒，倾囊分遍买春钱。”这里说的“买春钱”也就是压岁钱。

### 9. 吃年糕

制作米糕，在我国有着悠久的历史，这可从北魏贾思勰的《齐民要术》中得到证明。其制作方法是，将糯米粉用绢罗筛过后，加水、蜜和成硬一点的面团，将枣和栗子等贴在粉团上，用箬叶裹起蒸熟即成。重阳节时就有吃糕的习俗。

据说年糕最早是为年夜祭神、岁朝供祖先所用，后来才成为春节食品。春节食年糕的风俗，兴于宋代，盛于明代。明崇祯年间刊刻的《帝京景物略》记载当时的北京人每于“正月元旦，啖黍糕，曰年年糕”的习俗。年糕不仅是一种节日美食，而且岁岁为人们带来新的希望。正如清末的一首诗中所云：“人心多好高，谐声制食品。义取年胜年，借以祈岁稔。”吃年糕，由“年年(黏黏)高(糕)”的吉祥如意之意，演绎为年年高升之意。

## 节日诗词

### 岁日作

[唐] 顾 况[①]

不觉老将春共至[②],更悲携手几人全。

还丹寂寞羞明镜[③],手把屠苏让少年[④]。

**【注释】**

① 顾况(727—815):字逋翁,海盐横山(今属海宁市)人。至德二年进士。历任秘书郎、著作郎。晚年隐于茅山,自号华阳真逸、悲翁。

② 将:和。这句说,老年和春天一起到。

③ 还丹:道家炼丹的循环变化方术。炼丹以九转为贵,九转再炼,就是还丹。

④ 屠苏：指屠苏酒。古代风俗，正月初一家家要喝用屠苏草浸泡的酒(屠苏酒)。

**【今译】**

不知不觉中老年和春天一起到了，
让人伤心的是当年朋友所剩无几。
炼丹之后还是不敢看镜中的容颜，
手拿着屠苏酒还得让年轻人先喝。

**【鉴赏】**

顾况这首诗当作于晚年归隐茅山时。此时他年岁已大，当年在一起的志同道合的朋友此时已所剩无几。过年时最容易想起的是岁数的问题，过了新年长一岁，这是一般规律，但是对不同年龄的人来说，却有着不同的意义。“少年得岁，老年失岁”，因而对于老年人来说，岁数成了敏感而令人忧虑的问题。新年是亲朋好友团聚的时候，在这个时候，想到朋友凋零，不免伤感。顾况的这首诗实际上也就是伤老诗。当时很多诗人都受到道教的影响，这种影响是多方面的。道教的藐视功名、遨游山水，曾使许多诗人气宇轩昂、意气风发。但是道教所谓的炼丹等寻求长生不老的方术，也使许多人乐此不疲。顾况也是受道教影响颇深的一位诗人，他自号“华阳真逸”，也说明了这一点。诗中所说的“还丹”，便是指炼能使人长生不老的方丹。但是，世上并不存在长生不老的方丹，人不可避免地走向衰老。顾况最后是认识到这一点的，“手把屠苏让少年”表明他不得不承认自己已经老了，面对眼前那么多朝气蓬勃、生机无限的年轻人，他只好让他们先喝酒，自己退让到最后喝酒。这里关系到古代元日喝酒的习俗。平时喝酒，都是年轻人让前辈先喝，表示对老年人的敬重，但是在新年里，却是倒过来，按照年龄大小，年纪小的先喝酒，年纪越大，喝酒越后。在“手把屠苏让少年”中，顾况既有着年老的伤感，更多的还是看到年轻人成长而感到的欣喜。顾况是豁达的人，他曾奖掖与提携白居易步入诗坛，从中倒可以看到他关心年轻人成长的一贯态度。

## 诗词故事

### 元日岁酒自幼饮

按照古代风俗，正月初一这天，全家人要团团围坐在一起，共饮屠苏酒。中国人平时宴饮是很讲究长幼尊卑次序的，“元日”这天却是例外，饮屠苏酒要自年龄最小者起。

这种习俗在许多诗人的作品中都有反映。如唐人裴夷直《岁日先把屠苏酒戏唐仁烈》诗云：“自知年几偏应少，先把屠苏不让春。倘更数年逢此日，还应惆怅羡他人。”成文干《元日》诗云：“戴星先捧祝尧觞，镜里堪惊两鬓霜。好是灯前偷失笑，屠苏应不得先尝。”方干《元日》诗云：“才酌屠苏定年齿，坐中皆笑鬓毛斑。”杨万里《己丑改元开禧元日》诗说：“老子年龄君莫问，屠苏饮了更无兄。”这是说，你也不要问我年龄有多大了，反正过年喝酒，我总是最后一个。饮酒大概是子夜时分刚刚进入新年的那一刻开始的。这样就和除夕连在一起了，因此不少除夕诗都写到除夕饮屠苏酒的事情。唐人卢仝《除夜》诗云：“殷勤惜此夜，此夜在逡巡。烛尽年还别，鸡鸣老更新。……明日持杯处，谁为最后人。”宋人苏辙《除日》诗说：“年年最后饮屠苏，不觉年来七十余。”古代有“人生七十古来稀”的说法，苏辙七十多岁，因此每年都是最后一个喝酒。苏轼《除夜野宿常州城外》诗说：“但把穷愁博长健，不辞最后饮屠苏。”意思就是说，只要身体健康，能够最后饮屠苏酒绝对是好事。

碰到两个人岁数一样大的时候，就比较麻烦了。唐代刘禹锡和白居易同年生，新年时，他们在一起喝酒，刘禹锡自恃年长，就对白居易说：“与君同甲子，寿酒让先杯。”白居易不甘示弱，就说：“与君同甲子，岁酒合谁先。”两人争执不下。以后，白居易在《岁假内命酒》中追忆此事云：“岁酒先拈辞不得，被君推作少年人。”看来，那天还是白居易先喝的酒，但是“推”字说明这是刘禹锡的主观意见。不过在这推让之间，两人的友情和才华也由此可见。

顾况《岁日作》“手把屠苏让少年”句，也是写这种风俗。这种饮酒次序再加上这种解释，的确令人产生别样的感触，规定老人最后喝酒，让老人有更多的时间，有更长的寿命，深情的祝福就融在了这一杯酒中了。

## 节日诗词

### 元　日[①]

［宋］王安石[②]

爆竹声中一岁除[③]，春风送暖入屠苏[④]。
千门万户曈曈日[⑤]，总把新桃换旧符[⑥]。

**【注释】**

① 元日：农历正月初一，即现在的春节。

② 王安石(1021—1086)：字介甫，号半山，临川(今属江西)人。北宋政治家、思想家、文学家。曾经两次担任宰相，积极实行变法。有《王临川集》等。

③ 爆竹：古人于正月元旦爆竹于庭，以避山臊，以真竹着火爆之，后人卷纸为之，谓之爆仗。一岁除：

一年过去了。

④ 屠苏：屠苏酒。这句说，春风把暖气吹进了屠苏酒（意思是说，喝了屠苏酒，暖洋洋地感觉到春天已经来了）。

⑤ 曈曈：太阳初升时光芒照得大地由暗变亮的情景。

⑥ 桃符：用桃木做成的门神牌子。后演变为春联。

**【今译】**

在爆竹声声中把旧的一年送走了，
欢饮屠苏酒心中感到春天的暖意。
新年的太阳升起照亮了千家万户，
大家忙着把旧桃符取下换上新的。

**【鉴赏】**

王安石这首《元日》诗写的是“大年初一”这一天，紧紧抓住“元日”这个节日的特点，描绘了一幅充满生气和希望的民俗风情画。

首句“爆竹声中一岁除”，在阵阵鞭炮声中送走旧岁，迎来新年。起句紧扣题目，渲染春节热闹欢乐的气氛。新年燃放爆竹是古代过年的习俗。《荆楚岁时记》说，爆竹“以辟山臊恶鬼也”。这种缘起于驱灾的习俗后来更多地用于庆贺。王安石写爆竹声，则着眼于“一岁除”，表示和过去的一年告别，满怀信心地迎接新的一年。次句“春风送暖入屠苏”，在这新的一年的第一天里，春风送暖，人们迎着和煦的春风，开怀畅饮屠苏酒。第三句“千门万户曈曈日”，写旭日的光辉普照千家万户。用“曈曈”表现日出时光辉灿烂的景象，象征无限光明美好的前景。结句“总把新桃换旧符”，既是写当时的民间习俗，又寓含除旧布新的意思。“桃符”是一种绘有神像、挂在门上辟邪的桃木板。每年元旦取下旧桃符，换上新桃符。“新桃换旧符”与首句爆竹送旧岁紧密呼应，形象地表现了万象更新的景象。

王安石既是政治家，又是诗人。他的不少描景绘物诗都寓有强烈的政治内容。王安石《元日》诗通过描绘一幅节日风情画，抒写了自己执政变法、除旧布新、强国富民的抱负和乐观自信的情绪，在立意上远远胜过一般写节日的诗。全诗文笔轻快、色调明朗，眼前景与心中情水乳交融，确是一首融情入景、寓意深刻的好诗。

## 诗词故事

### 爆竹声声迎新年

新年燃放爆竹，在我国有着悠久的历史。

关于爆竹的演变过程，《通俗编·排优》记载道："古时爆竹，皆以真竹着火爆之，故唐人诗亦称爆竿。后人卷纸为之。称曰'爆竹'。"这是说，刚开始时，爆竹是名副其实地拿竹子来烧的。竹子里面是空的，受热之后，竹子里面空气膨胀，发生爆裂，于是就产生惊天动地的响声。这也是爆竹的由来。唐代诗人来鹄《早春诗》中有"新历才将半纸开，小庭犹聚爆竿灰"，句中的"爆竿"即指"爆竹"。由此也能看到，当时确实是拿竹子来烧的。

到了宋代，民间开始普遍用纸筒和麻茎裹火药编成串做成“编炮”（即鞭炮）。在南宋出现用草纸裹火药扎成卷形的爆仗。周密《武林旧事》：“至于爆仗，内藏药线，一连百余不绝。”此指用药线串在一起的鞭炮。范成大《爆竹行》中描写燃爆竹的过程说：“食残豆粥扫罢尘，截筒五尺煨以薪。节间汗流火力透，健仆取将仍疾走。儿童却立避其锋，当阶击地雷霆吼。一声两声百鬼惊，三声四声鬼巢倾。十声连百神道宁，八方上下皆和平。却拾焦头叠床底，犹有余威可驱疠。”

明、清两代，爆竹的种类更加繁多，燃放爆竹的时间已不限于大年初一清晨，除夕夜即开始，子夜零时达到高潮，俗称“迎神”。清代潘荣陛在《帝京岁时纪胜》一书记载当时除夕爆竹时说：“除夕之次，子夜相交，门外宝炬争辉，玉珂竞响。而爆竹如击浪轰雷，遍乎朝野，彻夜不停。”明代黎淳有《爆竹》诗云：“自怜结束小身材，一点芳心不肯灰。时节到来寒焰发，万人头上一声雷。”所咏的是“升天雷”，北方称为“二踢脚”。清代谢文翘《教门新年词》云：“通宵爆竹一声声，烟火由来盛帝京。宝炬银花喧夜半，六街歌管乐升平。”写出了当时北京燃放鞭炮的情景。《红楼梦》中对此也有描绘：“院子内安下屏架，将烟火设吊齐备，这烟火俱系各处进贡之物，虽不甚大，却极精致。各色故事俱全，夹着各色的花炮。说话之间，外面一色色的放了又放。又有许多‘满天星’、‘九龙入云’、‘平地一声雷’、‘飞天十响’之类的零星小炮仗。”从这里也可以看到古代新春燃放烟花的盛况。

至此，新年燃放爆竹已成了辞旧迎新和人们喜庆心情流露的标志。

## 节日诗词

### 探 春 令[①]

［宋］赵长卿[②]

笙歌间错华筵启[③]。喜新春新岁。
菜传纤手[④]，青丝轻细。和气入、东风里。
幡儿胜儿都姑媂[⑤]。戴得更忔戏[⑥]。
愿新春以后，吉吉利利，百事都如意。

**【注释】**

① 探春令：词牌名。

② 赵长卿：南宋初期人，生卒年不详。宋朝宗室，居住在南丰，自号仙源居士。有《惜香乐府》十卷。

③ 笙歌：指弹奏乐器和歌唱。笙，乐器名，用十二根竹管制成，以口吹奏。华筵：丰盛豪华的筵席。

④ 菜传纤手：化用杜甫《立春》“菜传纤手送青丝”诗句。

⑤ 幡儿胜儿：均为新年插戴的装饰品。幡是一种旗帜，胜是方胜、花胜，都是剪镂彩帛制成各种花鸟，大的插在窗前、屋角，或挂在树上，小的戴在姑娘们头上。姑婶：当时俗语，整齐、济楚的意思。

⑥ 忔戏：当时俗语。龙潜庵《宋元语言词典》认为“忔戏”是“可喜”的意思，引例即赵长卿《念奴娇》词：“忔戏笑里含羞，回眸低盼，此意谁能识。”

**【今译】**

在美妙的乐声中，宴会开始了，
大家欢聚一堂，共祝新年愉快。
姑娘纤手端来清爽精致的春盘，
东风和畅，一家人也喜气洋洋。
到处插着幡儿胜儿，焕然一新，

女孩子穿戴更加整齐更加美丽，
在此祝愿大家，在新的一年里
生活吉祥顺利，新年万事如意。

**【鉴赏】**

赵长卿是南宋初期人。他本是宋朝的宗室，住在南丰，可能是他家的封邑。他自号仙源居士，不爱荣华，只喜赋诗作词，隐居自娱。

这首《探春令》，写的是新年佳节。宋朝的新年可谓热闹非凡，大街小巷“结彩棚，铺陈冠梳，珠翠、头面、衣着……之类，间列舞场歌馆，车马交驰向晚，贵家妇女，纵赏观赌……小民虽贫者，亦须新洁衣裳，把酒相酬尔”。（《东京梦华录》）呈现出一派喜气洋洋的欢庆景象。宋人秦观《念奴娇》“正是人间佳节，开尽小梅春气透。花烛家家罗列，来往绮罗，喧阗箫鼓，达旦何曾歇”，也是对这种风俗场景的记载。

赵长卿写的是家里过年的景象。他看着家里男女老少，摆开桌面，高高兴兴地吃年夜饭。他看到姑娘们的纤手，端来了春菜盘子，盘里的菜，又青又细。家庭中的一片和气景象，反映出新年新春的东风里所带来的天地间的融和气候。

幡儿、胜儿，都是新年里的装饰品。现在北方人家过年的剪纸，或如意，或双鱼吉庆，或五谷丰登，大概就是幡、胜的遗风。这首词里所说的幡儿、胜儿，是戴在姑娘们头上的，诗人看了觉得很欢喜。“姑婶”、“忔戏”这两个语词都是当时俗语。从词义看来，“姑婶”大约是整齐、济楚之义。“忔戏”又见于作者的另一首词《念奴娇》，换头句云：“忔戏笑里含羞，回眸低盼，此意谁能识。”这也是在酒席上描写一个姑娘的。这里两句的大意是说：“幡儿胜儿都很美好，姑娘们戴着都高高兴兴。”辛稼轩词云“春已归来，看美人头上，袅袅春幡”，也是这种意境。

词人看了一家人和和气气地团坐着吃春酒、庆新年，在笙歌声中，他起来为大家祝酒，祝愿在新的一年里，一家子都吉吉利利、百事如意。于是，这首词成为极好的新年祝词。

## 诗词故事

### 新年春盘贺新春

唐、宋时，不管是吃年夜饭，还是新年中吃春酒，都要先吃一个春盘。盘子里的菜，有萝卜、芹菜、韭菜等。这已成了新春年俗中一道风景，春盘总给人美好的印象，诗人们常常去描绘它的精美。杜甫《立春》诗云："春日春盘细生菜，忽忆两京梅发时。盘出高门行白玉，菜传纤手送青丝。"赵长卿《探春令》"菜传纤手，青丝轻细"就是化用了杜甫的诗句。

据说春盘的来源是五辛盘。宗懔《荆楚岁时记》引西晋周处《风土记》曰："元日造五辛盘，正元日五熏炼形。"南朝诗人庾信的《岁尽应令诗》中也有"聊开柏叶酒，试奠五辛盘"这样的句子。所谓五辛即五种辛味蔬菜，据李时珍《本草纲目》载："元旦立春以葱、蒜、韭、蓼、芥等辛辣之菜，杂合食之，取迎新之义，谓之'五辛盘'，杜甫诗所谓'春日春盘细生菜'是矣。"到了唐、宋时期，人们对五辛盘作了改进，增加了一些时令蔬菜，使其从单调的辛辣变为色香味俱佳的翠缕红丝,并名之曰“春盘”,而且也不限于元日食用了,后来甚至作为立春时的专用食品了。苏轼《次韵曾仲锡元日见寄》“愁闻塞曲吹芦管,喜见春盘得蓼芽”,又《浣溪沙》云“雪沫乳花浮午盏,蓼茸蒿笋试春盘”;陆游在其《感皇恩·伯礼立春日生日》和《木兰花·立春日作》两词中亦分别有“正好春盘细生菜”、“春盘春酒年年好”这样的诗句。由此可见,春盘到宋朝时已经是品种繁多、五颜六色了。

## 节日诗词

### 蝶恋花·戊申元日立春席间作[①]

［宋］辛弃疾[②]

谁向椒盘簪彩胜[③]？整整韶华[④]，争上春风鬓[⑤]。
往日不堪重记省，为花长把新春恨[⑥]。

春未来时先借问，晚恨开迟，早又飘零近[⑦]。
今岁花期消息定，只愁风雨无凭准[⑧]。

**【注释】**

① 蝶恋花：词牌名。这首词作于淳熙十五年(1188)元日，作者正闲居带湖。元日立春：阴历正月

初一恰好又是立春日。

② 辛弃疾(1140—1207)：南宋词人，字幼安，号稼轩，历城(今山东济南)人。出生时，山东已为金兵所占，他一生主张抗金。

③ 椒盘：古时习俗正月初一日用盘进椒，饮酒则取椒置酒中，称椒盘。簪：妇女束发用的簪子，此作动词，义为插戴。彩胜：即幡胜，宋代士大夫家于立春日多剪彩绸为春幡，或插于妇女鬓发，或用以点缀花枝。

④ 整整：辛弃疾所宠爱的一位吹笛婢的名字。韶华：美好时光，即指春光。

⑤ 春风鬓：春风吹拂中的鬓发。

⑥“往日”两句：往日欢乐不堪回忆，今朝每因惜花而生春恨。记省(xǐng)：记忆。

⑦“春未”三句：谓往常春未来到，已问花期。晚了，恨花迟开；早了，又怕花凋零过早。

⑧“今岁”两句：今年花期已有准信，唯恐风雨无凭而误花时。

**【今译】**

是谁从椒盘里拿出彩胜插在鬓角？
青春美妙的整整，鬓角彩胜在飘。
往事不堪回首，我也不想再回顾，
常常因为花而把春天怨恨。

春天没来，我总期盼着春天来临，
春天来了，我又怕花儿走向凋零。
今年花开时间还没有确定的消息，
只担心风雨阻拦，花开没有准信。

**【鉴赏】**

这首词作于宋孝宗淳熙十五年戊申(1188)正月初一，这一天刚好是立春，是个双喜临门的节日。这一年辛弃疾已49岁。

这首词的开篇通过节日里众人热闹而自己索然无味的对比描写，表达了自己与众不同的感伤情怀。“谁向椒盘簪彩胜？整整韶华，争上春风鬓”，整整是辛弃疾所宠爱的一位吹笛婢，这里用来代表他家中的年轻人。整整等人争着从椒盘中取出春幡，插上两鬓，春风吹拂着她们头上的幡胜，十分好看。这里通过描写节日里不知忧愁的年轻人们的欢乐，来反衬自己“忧愁风雨”的中年怀抱。接下来两句笔锋一转，说明自己并非不喜欢春天、不热爱生活，而是痛感无忧无虑的生活对于自己早已成为“往日”的遥远回忆。这里作者从一个“恨”字出发，着重写了自己对“花期”的担忧和不信任。作者急切盼望春来，盼望“花”开，还在隆冬就探询“花期”；但花期总是短暂的，开晚了让人等得不耐烦，开早了又让人担心它很快凋谢；今年是元日立春，花期似乎可定，可是开春之后风风雨雨尚难预料，谁知今年的花开能否如人意？作者在这里写的虽是自然界的变化，实际上是在曲折地表达对理想中的事物又盼望又怀疑又担忧，最终还是热切盼望的矛盾复杂心情。所谓“花期”，即是作者时时盼望的南宋朝廷改变偏安政策、决定北伐中原的日期。就在他写此词前两个月，太上皇赵构死了，这对于恢复大业也许是一个转机。如果宋孝宗此后善作决断，改变偏安路线，则抗金的“春天”必将到来。可是锐气已衰的孝宗此时已无心于事业，赵构刚死，他就下令皇太子赵惇“参决国事”，准备效法他老子传位于太子，自己当太上皇享清福了。由此看来，“花期”仍无定准，“风雨”也难预料。词人听到这一消息，于是在词中感叹“花期”无定、“风雨”难料。他在春节的宴席上挥毫写下这首小词，借春天花期没定准的自然现象，含蓄地表达了自己对国事与人生的忧虑。通观此词，作者比兴结合，含而不露，表达了他政治上的感受和个人遭遇的愁苦复杂的心情。

## 诗词故事

### 元日饮酒春意暖

过年离不开喝酒。元旦饮酒的习俗在中国的历史上多有记载。古代新年喝的酒和平时喝的不同，常见的有屠苏酒，还有椒酒和柏叶酒。宗懔《荆楚岁时记》中有“正月一日是三元之日也。《春秋》谓之端月。鸡鸣而起，先于庭前爆竹，以辟魈恶鬼。长幼悉正衣冠以次拜贺，进椒柏酒，饮桃汤，进屠苏酒，胶牙饧，下五辛盘，进敷于散，服却鬼丸，各进一鸡子”。

柏酒，是一种用柏叶浸制的酒。柏树为长青之树，所谓“松柏长青”，被古人取作长寿的象征，其中柏叶可入药。《汉官仪》云：“正旦饮柏叶酒上寿。”明李时珍《本草纲目》认为“柏叶”有辟邪的作用，记有“柏性后凋而耐久，禀坚韧之质及多寿木，所以可入服食。道家以之点汤常饮，元旦日以浸酒辟邪，皆取于此”。可见，柏酒在新年开始日饮，一为长寿，二为辟邪，其乃吉祥之酒，当然非饮不可了。

椒酒，是用花椒籽浸制的酒。说到椒酒，就会说到元日诗词中常常会提到椒盘。所谓椒盘，就是盛有椒的盘子。《尔雅翼·释木三》：“正月一日，以盘进椒，饮酒则撮真酒中，号椒盘焉。”这是说，古时正月初一喝酒时，把盘中椒拿一些放在酒中。放了椒的酒也就叫“椒酒”。《荆楚岁时记》：“俗有岁首用椒酒。椒花芬香，故采以贡樽。”说明之所以酒中放椒，还是取其香味。古俗元旦这一天，子孙向家长进椒酒，意在祝吉祈寿。汉代崔寔《四民月令·正月》中有：“正月之朔，是谓正日，及祀日。进酒降神毕，乃家室尊卑，无小无大，以次列坐先祖之前，子、妇、孙、曾各上椒酒于其长，称觞举寿，欣欣如也。”

古代很多诗词中都说到元日饮酒的事情。椒、柏可分别浸制酒，也可一起放入酒中饮用。因此，椒酒和柏叶酒常常相提并论，如南北朝诗人庾信的《正旦蒙赵王赍酒》中有“正旦辟恶酒，新年长命杯。柏叶随铭至，椒花逐颂来”的句子；杜甫《杜位宅守岁》诗“守岁阿戎家，椒盘已颂花”，椒盘颂花，也称为“椒颂”。“颂”即祝辞。《晋书·列女传》记刘臻妻陈氏，元旦献椒花颂曰：“美哉灵葩，爰采爰献，圣容皎皎，永寿万年。”宋代毛滂《元日·玉楼春》有“佳人重劝千长寿，柏叶椒花芬翠袖”，姜夔《鹧鸪天·丁巳元日》说“柏绿椒红事事新，隔篱灯影贺年人”。明代袁凯在《客中除夕》一诗中写道：“一杯柏叶酒，未敌泪千行。”清代潘荣陛的《帝京岁时纪胜》中“元旦”一条中记有：“士民之家，新衣冠，肃佩带，祀神祀祖；焚楮帛毕，昧爽阖家团拜，献椒盘，斟柏酒，饫蒸糕，呷粉羹。”

李时珍在《本草纲目》中则有“椒柏酒：元旦饮之，

辟一切疫疠不正之气”。不过，这原来是正月初一的饮用酒品，后来除夕时也饮用了。

古代元日诗词中写到喝屠苏酒的很多，其中宋代王安石的《元日》诗最为有名。

## 节日诗词

### 德祐二年岁旦[①]

［宋］郑思肖[②]

力不胜于胆，逢人空泪垂[③]。
一心中国梦，万古《下泉》诗[④]。
日近望犹见[⑤]，天高问岂知[⑥]。
朝朝向南拜，愿睹汉旌旗。

**【注释】**

① 德祐二年：公元 1276 年，德祐是南宋恭帝赵显的年号。南宋于这年灭亡。岁旦：元旦。

② 郑思肖(1239—1316)：他原籍为福州连江人，

易代后隐居苏州。原名不详，宋亡后改名“思肖”，别号所南，宋末具有民族气节的爱国诗人，其诗多表现怀念宋室的感情。

③ 空泪垂：白白地落泪。

④《下泉》诗：《诗经·曹风》中的一篇。诗的内容是，曹国诸侯共公时政治混乱，政令苛刻，人民痛苦不堪，因此渴望有一个圣明的君主来治理国家。

⑤ 日近：《世说新语·夙惠》载：“晋明帝数岁，坐元帝膝上。有人从长安来，元帝问洛下消息，潸然流涕。明帝问何以致泣，具以东度意告之。因问明帝：‘汝意长安何如日远？’答曰：‘日远。不闻人从日边来，居然可知。’元帝异之。明日，集群臣宴会，告以此意，更重问之。乃答曰：‘日近。’元帝失色，曰：‘尔何故异昨日之言邪？’答曰：‘举目见日，不见长安。’”日：代指皇帝。

⑥ 天高问岂知：化用杜甫诗句“天意高难问，人情老易悲”（《暮春江陵送马大卿公恩命追赴阙下》）。天：亦代指皇帝。

【今译】

可惜我力气没有胆气豪，
遇到朋友只能空流眼泪。
只有一个统一中国的梦，
就像《下泉》诗人的心一样。
临安很近我还能够望到，
命运如何那只有天知道。
我只能每天都向南朝拜，
就想看到大宋的旌旗飘。

【鉴赏】

公元1275年，作者正住在苏州，元兵南下占领了那里。德祐二年(1276)正月初一，作者是在铁蹄下过的元旦。南宋京城临安(现在浙江省杭州市)虽然还没有沦陷，但整个形势江河日下。他满心希望国家振奋起来，收复失地，但是希望根本就没有。这个元旦，他就是在这样的形势、这样的心情下度过的。他的《德祐二年岁旦》表达了他感念时事，责己、责他的悲愤忧郁心理。这里选的是两首岁旦诗的前一首。

首句“力不胜于胆，逢人空泪垂”，诗人愁肠百转，带着责己的心理，说他满怀壮志，一身胆略，却力不胜心，无力回天，每每对人，只是空自垂泪、无可奈何。一个“空”字用得最见诗眼，统领全诗：空怀壮志，空语胆略，空垂悲泪，见其“力不胜”之情感也。什么事使作者如此悲愤忧郁呢？中间四句交代其原因：“一心中国梦，万古《下泉》诗”，他一心想着收复中原，一统江山，谁知竟成梦幻。《下泉》诗传唱几千年了，中原仍不能收复，怎不使人忧郁呢？《下泉》诗中有句“忾我寤叹，念彼周京”，这里借用了原作的诗意，表达了作者希望有个贤明的君主，能顺应人民的意志，收复失地，统一全国，把国家治理好。“日近望犹见，天高问岂知”，这是责他。“日”、“天”都指皇帝。作者早年曾应博学鸿词科，从家乡来到京都。适逢元军南下，他叩阙上书，却报无果。作者满怀忧郁，身在苏州，犹可望见临安南宋政权，作者对宋室危在旦夕的忧虑中仍怀一丝希望，“望犹见”，说明宋室还未沦亡，可是，江山飘摇，朝不保夕，结局将至如何？这时，作者已身陷元军铁蹄之下，真是日近天高，可望不可即，只有仰

天而问。然而天高难问，也许还会叩阙不报，依然是空问，问也无人知道，这就深切表现出作者对宋室存亡的忧虑和对统治者妥协主和误国的愤怒。存亡之一瞬，作者没有放弃最后的努力，笔锋一转，仍然“朝朝向南拜，愿睹汉旌旗”，尾联感情最为深切。“朝朝”表示盼望之切，“拜”释为拜望，每天向南拜望，希望终有一天，能够亲眼目睹宋军北上复地抗元的军旗。这就既表达了沦落地人民“遗民泪尽胡尘里，南望王师又一年”的心情，又婉转谴责南宋君臣偏安一隅，不思中兴，使国人壮志难酬，江山统一为梦。

## 诗词故事

### 郑思肖故国情深

郑思肖是宋末具有民族气节的爱国诗人。原名不详，宋亡后改名“思肖”，因为“肖”是繁体字“趙”的声旁字，以此表示对宋朝的忠诚。宋灭亡后隐居苏州的一个和尚庙里。名其屋为“本穴”，以“本”字“大”、“十”置“穴”中，合为“大宋”，均寓“思赵”之意。其诗多表现怀念宋室的感情。

他写过一首《画菊》诗:“花开不并百花丛,独立疏篱趣未穷。宁可枝头抱香死,何曾吹落北风中。”此诗明写菊花,实是借菊表明自己宁死不屈的民族气节。

元军占领苏州,郑思肖写了《德祐二年岁旦》,同年三月,元军攻下临安。作者不胜悲哀,从此坐卧必南向;岁时伏腊,必向南而哭;闻北语,必掩耳而走;因此自号“所南”;临卒,托友人为己书牌位“大宋不忠不孝赵思肖”。他以自己的爱国情感,实践了他“朝朝向南拜”的诗句。

明末清初诗人顾炎武有首《井中心史歌》缘起于一个奇怪的故事。说的是明崇祯十一年冬,苏州城中承天寺的井中发现一个铁匣子,里面有书一卷,名叫《心史》,上面写着“大宋孤臣郑思肖百拜封”,藏书时间为德祐九年,南宋早已灭亡,但是书中仍念念不忘重振旗鼓,收复河山。顾炎武和郑思肖所处的时代有着惊人的相似,他们都面临着强大的异族入侵。顾炎武说,他“见贤思齐,独立不惧”,因此就写了这首《井中心史歌》,其诗云:“有宋遗臣郑思肖,痛哭元人移九庙。独力难将汉鼎扶，孤忠欲向湘累吊。著书一卷称《心史》，万古此心心此理。千寻幽井置铁函，百拜丹心今未死。厄运应知无百年，得逢圣祖再开天。黄河已清人不待，沉沉水府留光彩。忽见奇书出世间，又惊牧骑满江山。天知世道将反复，故出此书示臣鹄。三十余年再见之，同心同调复同时。陆公已向厓门死，信国捐躯赴燕市。昔日吟诗吊古人，幽篁落木愁山鬼。呜呼，蒲黄之辈何其多，所南见此当如何！”郑思肖的事迹对顾炎武坚持反清复明的大业无疑是巨大的鼓舞。

## 田家元日

［唐］孟浩然

昨夜斗回北①，今朝岁起东②。
我年已强仕③，无禄尚忧农④。
桑野就耕父⑤，荷锄随牧童⑥。
田家占气候⑦，共说此年丰。

**【注释】**

① 斗：指北斗星。回北：指北斗星的斗柄从指向北方转而指向东方。古人认为北斗星斗柄指东，天下皆春；指南，天下皆夏；指西，天下皆秋；指北，天下皆冬。

② 起：开始。东：北斗星斗柄朝东。

③ 强仕：强仕之年，即四十岁。《礼记·曲礼》："四十曰强而仕。"

④ 禄：官吏的薪俸。无禄：没有俸禄，也即没有做官。尚：还。

⑤ 桑野：种满桑树的田野。就：靠近。耕父：农人。

⑥ 荷：扛，担。

⑦ 占气候：占：占卜，推测。这句说田家根据自然气候推测一年收成的好坏。

## 新　年　作[①]

［唐］刘长卿[②]

乡心新岁切，天畔独潸然[③]。
老至居人下[④]，春归在客先[⑤]。
岭猿同旦暮[⑥]，江柳共风烟。
已似长沙傅[⑦]，从今又几年。

【注释】

① 新年作：此诗是作者被贬为南巴尉时所作。约作于公元780年。

② 刘长卿(709—790)：字文房，河间(今属河北河间)人，籍贯宣城(今属安徽)。以五言擅长，自诩为“五言长城”。

③ 潸(shān)然：流泪的样子。

④ 居人下：指官职处于人家下面。

⑤ 客：诗人自指。先：意谓春已归而自己未能归。

⑥ 岭：指五岭。作者时贬潘州南巴，过此岭。

⑦ 长沙傅：指贾谊。汉代贾谊曾受谗被贬为长沙王太傅，这里诗人借以自喻。

## 岁日家宴戏示弟侄等，兼呈张侍御二十八丈、殷判官二十三兄[①]

[唐] 白居易

弟妹妻孥小侄甥[②]，娇痴弄我助欢情。
岁盏后推蓝尾酒[③]，春盘先劝胶牙饧[④]。
形骸潦倒虽堪叹，骨肉团圆亦可荣。
犹有夸张少年处，笑呼张丈唤殷兄[⑤]。

**【注释】**

① 岁日：即元日。张侍御二十八丈：即张彤。丈：古代对老人的尊称。殷判官二十三兄：即殷尧藩。“二十八”、“二十三”均为他们在自己家族中的排行。本诗写于苏州任上。

② 妻孥：妻子和子女。

③ 蓝尾酒：唐代饮宴酒，最后轮到喝酒的人，称为蓝尾，也作婪尾。《仇池笔记》引苏鹗云：“以酒巡匝为婪尾，一作蓝尾。侯白《酒律》谓：‘酒巡匝到末坐者，连饮三杯，为婪尾酒。’”元日饮酒，年纪大的最后饮酒。

④ 胶牙饧：是用麦芽或谷芽混同其他米类原料熬制而成的黏性软糖。杜公瞻《荆楚岁时记》注云：“胶牙者，取其坚固如胶也”，寓意祝福老者长寿。

⑤ “笑呼”句：自己在酒席上曾犯张冠李戴的低级错误，比小孩还差。也就是前句说的“夸张少年处”。

## 鹧鸪天·丁巳元日[①]

［宋］姜　夔

柏绿椒红事事新[②]，隔篱灯影贺年人。三茅钟动西窗晓[③]，诗鬓无端又一春。

慵对客，缓开门，梅花闲伴老来身。娇儿学作人间字，郁垒神荼写未真[④]。

**【注释】**

① 鹧鸪天：词牌名。双调，五十五字。丁巳元日：宋宁宗庆元三年（1197）正月初一。时作者在杭州。

② 柏绿：柏叶酒。《风土记》："元旦进柏叶酒。"椒红：椒盘。《尔雅翼》："正月一日以盘进椒，号'椒盘'。"

③ 三茅钟：咸淳（宋度宗年号）《临安志》："宁寿观在七宝山，本三茅堂。绍兴中赐古器玩三种，……其二唐钟，本唐澄清观旧物……禁中每听钟声以为寝兴食息之节。"晓：天亮。

④ 郁垒(yǔ lǜ)神荼(shēn shū)：二门神名。左扇门上叫神荼，右扇门上叫郁垒。这里指桃符、春联。未真：不正确。这两句的意思是，小儿刚学会写字，这两个字繁体笔画过多，不容易写对。

## 柳梢青·元日立春[①]

［宋］吴　琚[②]

彩仗鞭春[③]，椒盘迎旦，斗柄回寅[④]。
拂面东风，虽然料峭[⑤]，终是寒轻。

带花折柳心情，怎捱得，元宵放灯。
不是东园，有些残雪，先去踏青。

**【注释】**

① 柳梢青：词牌名。双调，四十九字。元日立春：这年元日与立春同为一日。

② 吴琚：生卒年不详，字居父，号云壑，开封(今属河南)人，高宗吴皇后之侄。

③ 彩仗鞭春：这是立春日的风俗。宋吴自牧《梦粱录》卷一记临安府于立春日“侵晨，郡守率僚佐以彩仗鞭春”。官吏在立春前一天迎接用泥土做的春牛，放在衙门前。立春日，官吏用红绿鞭抽打土牛三鞭，叫做“鞭春”，寓含劝农的意思。因此立春也称之为“打春”。

④ 斗柄回寅：古代是以地平坐标系中的正北顺时针偏 60 度的地方为寅，比农历立春节气（从正北起顺时针东偏 45 度）还多偏 15 度。这句意思是北斗星的斗柄指向了寅方，即在时间上到达了农历正月，一元复始，万象更新，大地回春，代表一年开始。

⑤ 料峭：略带寒意。

## 迎　春

［清］卢道悦①

律转鸿钧佳气同②，肩摩毂击乐融融③。

不须迎向东郊去，春在千门万户中。

**【注释】**

① 卢道悦：生卒年不详，字喜臣，号梦山，山东德州人，生活在清康熙年间。

② 律转鸿钧：指岁序更新。律：管状器乐，或说即笛子。汉刘向《别录》："燕有寒谷，黍稷不生，邹衍吹律，暖气乃至，草木皆生。"转：运转。鸿钧：大钧。钧：陶钧，制作陶器时用的转轮。常用来比喻上天或大自然。

③ 肩摩：行人肩碰着肩，形容新春佳节游人如织。毂击：车辆多得相互碰撞。毂：车轴上固定车轮的圆木，也泛指车。

④ 东郊：古代有"立春之月，天子迎春于东郊"（见《礼记》）的仪式。

# 元　宵

## 节日来源

农历正月十五日，是中国的传统节日元宵节。元宵节起源于汉朝，这是和汉武帝时，将“太一神”的祭祀活动定在正月十五日有关。太一据说是“天神之最尊贵者”。司马迁《史记·封禅书》云：“亳人谬忌奏祠太一方，曰：‘天神贵者太一，太一佐曰五帝。古者天子以春秋祭太一东南郊，用太牢，七日，为坛开八通之鬼道。’于是天子令太祝立其祠长安东南郊，常奉祠如忌方。”《史记·乐书》记载：“汉家常以正月上辛祠太一甘泉，以昏时夜祠，到明而终。”这里说，祭祀的时间为正月上辛，而辛日是不固定的，但望日（十五）晚上月色星空灿烂，以后便把不固定的正月第一个辛日改为新年第一个十五。这个时间也和道教的“三元说”有关。道教以正月十五日为上元节，七月十五日为中元节，十月十五日为下元节。主管上、中、下三元的分别是“天”、“地”、“水”三官，天官喜乐，故上元节要燃灯。元宵节便由此发展而来。唐徐坚等撰《初学记》引用了《史记·乐书》的说法,并补充道:"今人正月望日夜游观灯,是其遗事。"

元宵燃灯和佛教也有一定联系。《初学记》引《西域记》曰:"摩竭纮国,正月十五日,僧俗云集,观佛舍利,放光雨花。"东汉明帝笃信佛教,听说佛教有正月十五僧人观佛舍利、点灯敬佛的做法,就命令这一天夜晚在皇宫和寺庙里点灯敬佛,并令官府百姓都挂灯。

于是,正月十五便成了一个中西合璧、普天同庆的民间节日——"元宵节",因有自发的表演节目表示喜庆,又称"闹元宵"。除夕和正月初一过大年,传统上是以家庭为单位欢度,元宵节则不同,讲究的是走出家门普天同乐,是各民俗节日中唯一以"闹"为核心内容的。

将正月十五称为"元宵",始于晚唐,如韩偓《元夜即席》诗云"元宵清景亚元正",但当时多数作品还是称为"正月十五"或"上元"(道教有"三元说",正月十五称为"上元")、"元夕"、"元夜"等。宋时,"元宵"一词就普遍使用了。

**1. 挂花灯,放烟火**

正月十五元宵节,又称"灯节"。元宵节燃灯放烟火,始于汉朝,南北朝时已蔚然成风。梁简文帝萧纲《列灯赋》描绘当时元夕情景:"南油俱满,西漆争燃。苏征安息,蜡出龙川。斜辉交映,倒影澄鲜。"当时所点之灯有油灯、漆灯,也有燃烛,还焚香。隋代元宵观灯更是豪华绮丽,侍御史柳彧担心过于浪费,曾奏请文帝下令禁止,从他的奏疏中我们看到了当时民间热闹非凡的景象:"窃见京邑,爰及外州,每以正月望夜,充街塞陌,聚戏朋游。鸣鼓聒天,燎炬照地,人戴兽面,男为女服,倡优杂技,诡状异形……高棚跨路,广幕凌云,袨服靓妆,车马填噎。"张灯之外,还搭彩楼,戴假面,扮角色,演舞戏,尽情娱乐。

唐、宋、元、明、清各个朝代,赏灯活动更加兴盛,皇宫里、街道上处处张灯结彩,通衢闹市还要建立高

大的灯轮、灯楼和灯树。唐代正式规定正月十四到十六这三天为例假日，官署放假，暂停宵禁，市民观灯即使拥近宫城，禁卫军也不加干涉。张鷟《朝野佥载》说，唐睿宗先天二年“正月十五、十六夜，于京师安福门外作灯轮（即灯树）高二十丈，衣以锦绣，饰以金玉，燃五万盏灯，簇之如花树”。又挑选宫女千数及长安、万年县少女少妇千余人，皆“衣罗绮，曳锦绣，燿珠翠，施香粉”，“于灯轮下踏歌三日夜”。《开元天宝遗事》写韩国夫人家的百枝灯树，“高八十尺，竖之高山上，元夜点之，百里皆见，光明夺月色也”。

宋代朝廷认为国泰民安，五谷丰登，应普天同庆，把元宵放灯由三夜增为五夜。家家灯火，处处管弦。花灯巧制新装，竞夸华丽。汴京架设的灯山，用辘轳把水引到灯山最高处，用木柜贮存，“逐时放下，如瀑布状”。用草把扎成巨龙，“草上密置灯烛数万盏，望之蜿蜒如双龙飞走之状”。南宋时此风不减，“一入新正，灯火日盛”，“山灯凡数千百种，极其新巧，怪怪奇奇，无所不有”。更有深闺巧娃在绢制的灯上写上诗词，画上人物，贴上隐语谜语，供人猜详。又有市民社团及艺人上街化妆游行，表演各种技艺，据《武林旧事》记载，“诸舞队次第簇拥前后，连亘十余里，锦绣填委，箫鼓振作，耳目不暇给”，由官府支给赏钱。士女观者如云，往往通宵达旦。

元宵节燃灯的习俗，经过历朝历代的传承，节日的灯式越来越多，灯的名目内容也越来越多，有镜灯、凤灯、琉璃灯等等。元宵节除燃灯之外，还放烟花助兴。

### 2. 吃元宵

我国民间有元宵节吃元宵的习俗。元宵又称“汤圆”、“圆子”、“浮圆子”、“水圆”，直至明永乐年间才被正式定名为“元宵”。它由糯米制成，或实心，或带馅，馅有豆沙、白糖、山楂、各类果料等，食用时煮、煎、蒸、炸皆可。作为节日食品，元宵最早出现在宋代，诗人姜白石在一首《咏元宵》的诗中写道：“贵客钩帘看御街，市中珍品一时来。”这“市中珍品”即指元宵。宋人周必大也曾写过一首《元宵煮浮圆子》诗：“今夕是何夕，团圆事事同。汤官巡旧味，灶婢诧新功。星灿乌云里，珠浮浊水中。岁时编杂咏，附此说家风。”吃元宵取团圆之意，象征家庭像月圆一样团圆，寄托了人们对未来生活的美好愿望。

### 3. 耍狮子、舞龙灯

元宵节，民间有耍狮子、舞龙灯之习。“耍狮子”始于魏、晋，盛于唐，又称“狮子舞”、“太平乐”。一般由三人完成：二人装扮成狮子，一人充当狮头，一人充当狮身和后脚；另一人当引狮人。舞法上又有文武之分，文舞表现狮子的温驯，有抖毛、打滚等动作，武舞表现狮子的凶猛，有腾跃、蹬高、滚彩球等动作。

舞龙灯用的龙灯一般由竹木、彩纸、布等扎成，节数为单数，长达数丈，节内能燃烛的称“龙灯”，不能燃烛的称“布龙”。舞龙时，领舞者手持龙头，数十人举起紧连龙身的木棍，随于其后，整条龙在乐声中沿着规定的路线和队列奔跑，龙就像活了一样。民间以此习俗祈求风调雨顺、五谷丰登。

### 4. 猜灯谜

“猜灯谜”又叫“打灯谜”，是元宵节后增的一项活动，出现在宋朝。元宵节原本有张灯结彩的习俗，后来有人把谜语写在纸条上，贴在五光十色的彩灯上供人猜。因为谜语能启迪智慧，又迎合节日气氛，所以响应的人众多，而后猜谜逐渐成为元宵节不可或缺的节目。

### 5. 迎紫姑

紫姑是民间传说中一个善良的姑娘。正月十五，紫姑被人害死于厕所。百姓们同情她、怀念她，有些地方便出现了“正月十五迎紫姑”的风俗。每到这一天夜晚，人们用稻草、布头等扎成真人大小的紫姑肖像。妇女们纷纷站到紫姑常做活的厕所、猪圈和厨房旁边迎接她，像对待亲姐妹一样，拉着她的手，跟她说着贴心话，流着眼泪安慰她，情景十分生动，真实地反映了劳苦民众善良、忠厚、同情弱者的思想感情。

### 6. 走百病

古代一些地方还有正月十五“走百病”的习俗。“走百病”又称“烤百病”、“散百病”、“走桥”、“摸灯”

等，参与者多为妇女。她们身着白绫衣裳，在正月十五这天结伴相携，越走水桥，到郊外旅游，目的就是祛病除灾。其时，走在最前面的妇女举香开道，其他人紧随其后，依次过桥，谓之“度厄”。据说，这样能保一年腰腿无病，健康长寿。过桥后，妇女们还要到各城门洞去摸城门上的铜钉，谓之“宜男”，说是这样可以多生男孩。元宵节“走百病”的习俗古籍多有记载。明周用《走百病行》诗云：“都城灯市春头盛，大家小家同节令。姨姨老老领小姑，撺掇梳妆走百病。”清顾禄《清嘉录·正月走三桥》也云：“元夕，妇女相率宵行，以却疾病。必历三桥而止，谓之走三桥。”

## 节日诗词

### 正月十五日夜[1]

［唐］苏味道[2]

火树银花合[3]，星桥铁锁开[4]。
暗尘随马去[5]，明月逐人来[6]。
游妓皆秾李，行歌尽落梅[7]。
金吾不禁夜[8]，玉漏莫相催[9]。

**【注释】**

① 正月十五日夜：也称元夕，即元宵节的晚上。

② 苏味道(648—705)：唐代诗人。赵州栾城(今属河北)人。20岁进士登第。武后时，累官至凤阁鸾

台三品。文章与李峤齐名，并称“苏李”。

③ 火树：挂满灯笼的树。

④ 星桥：花灯点缀的桥。

⑤ 暗尘：烟雾。

⑥ 逐：随，依。

⑦ 落梅：指《梅花落》的曲调。

⑧ 金吾：京城的守护军。

⑨ 玉漏：计时用具。

**【今译】**

节日的灯光与焰火汇合在一起，
护城河上灯灿烂，桥锁已打开。
游人骑马观灯，带起一路烟雾，
月亮皎洁，跟着人也来到这里。
歌女们花枝招展，今晚更妖娆，
她们边走边唱，歌声轻快欢畅。
守军取消夜间不准通行的禁令，
让我们通宵达旦地尽情游乐吧。

【鉴赏】

这首诗是描写长安城里元宵之夜的景色。据《大唐新语》和《唐两京新记》记载：每年这天晚上，长安城里都要大放花灯；前后三天，夜间照例不戒严，看灯的真是人山人海。豪门贵族的车马喧阗，市民们的歌声笑语，汇成一片，通宵都在热闹的气氛中度过。

春天刚刚才透露一点消息，还不是万紫千红的世界，可是明灯错落，在大路两旁、园林深处映射出灿烂的辉光，简直像明艳的花朵一样。从“火树银花”的形容，我们不难想象，这是多么奇丽的夜景！说“火树银花合”，因为四望如一的缘故。王维《终南山》“白云回望合”、孟浩然《过故人庄》“绿树村边合”的“合”，用意相同，措词之妙，可能是从这里得到启发的。由于到处任人通行，所以城门也开了铁锁。崔液《上元夜》诗有句云：“玉漏铜壶且莫催，铁关金锁彻明开。”可与此相印证。城关外面是城河，这里的桥，即指城河上的桥。这桥平日是黑沉沉的，今天换上了节日的新装，点缀着无数的明灯。灯影照耀，城河望去犹如天上的星河，所以也就把桥说成“星桥”了。“火树”、“银花”、“星桥”都写灯光，诗人的鸟瞰，首先从这儿着笔，总摄全篇；同时，在“星桥铁锁开”这句话里说出游人之盛，这样，下面就很自然地过渡到节日风光的具体描绘。

人潮一阵阵地涌着，马蹄下飞扬的尘土也看不清；月光照到人们活动的每一个角落，哪儿都能看到明月当头。原来这灯火辉煌的佳节，正是风清月白的良宵。在灯影月光的映照下，花枝招展的歌妓们打扮得分外美丽，她们一面走，一面唱着《梅花落》的曲调。长安城里的元宵，真是观赏不尽的。所谓“欢娱苦日短”，不知不觉便到了深更时分，然而人们却仍然怀着无限留恋的心情，希望这一年一度的元宵之夜不要匆匆地过去。“金吾不禁”两句，用一种带有普遍性的心理描绘，来结束全篇，言尽而意不尽，读之使人有余音绕梁、三日不绝之感。这首诗于镂金错采之中，显得韵致流溢，也在于此。

## 诗词故事

### 火树银花不夜天

正月十五之夜的上元之夜是最为热闹的节日了。元宵节又称灯节，张灯结彩，大放烟火，是元宵节的显著特征。你看，天上一轮圆月冉冉升起，地上万盏灯火一派通明，星月灯烛，交相辉映，更有歌舞笙乐，神灯佛火，云车火树，珠翠管弦，像是张祜说的："千门开锁万灯明，正月中旬动帝京。三百内人连袖舞，一时天上著词声。"（《正月十五夜灯》）像是顾况描述的："处处逢珠翠，家家听管弦。云车龙阙下，火树凤楼前。"（《上元夜忆长安》）像是崔液描写的："神灯佛火百轮张，刻象图形七宝装。影里如闻金口说，空中似散玉毫光。"（《上元夜六首》其二）于是，家家户户，哪个还肯逗留在家中不出来呢？"谁家见月能闲坐，何处闻灯不看来。"不仅仅是万人空巷，家家出门，而且都会尽情而来，尽兴方归，往往是通宵达旦地玩个痛快，像是崔液所说的："星移汉转月将微，露洒烟飘灯渐稀。犹喜路旁歌舞处，踌躇相顾不能归。"（《上元夜六首》其六）即便是月微星移、露洒灯稀的拂晓时光，也还余兴未尽不忍离去呢。

在记载元宵节热闹繁华景象的诗歌中，苏味道的这首《正月十五日夜》无疑是写得非常出色的一首。按现在的统计方法来说，查一下它的引用数就可知道。很多元宵诗词都引用了他这首诗中的句子。如苏轼《蝶恋花·密州上元》："帐底吹笙香吐麝，更无一点尘随马。"周邦彦《解语花·上元》："嬉笑游冶，钿车罗帕，相逢处、自有暗尘随马。"蒋捷《女冠子·元夕》"而今灯幔挂，不是暗尘明月，那时元夜。"都是用了苏味道《正月十五日夜》诗中"暗尘随马去，明月逐人来"句，至于李持正更是拿"明月逐人来"创造了新的词调。

## 节日诗词

### 蝶恋花·密州上元①

［宋］苏 轼

灯火钱塘三五夜②，明月如霜，照见人如画③。
帐底吹笙香吐麝④，更无一点尘随马⑤。

寂寞山城人老也⑥，击鼓吹箫，却入农桑社⑦。
火冷灯稀霜露下⑧，昏昏雪意云垂野⑨。

**【注释】**

①蝶恋花：唐教坊曲，本名《鹊踏枝》，宋晏殊改今名，取自梁简文帝诗句“翻阶峡蝶恋花情”，又名“鹊

踏枝”、“凤栖梧”。密州：今山东诸城。

② 钱塘：此处代指杭州城。三五夜：即每月十五日夜，此处指元宵节。

③ 照见人如画：形容杭州城上元的热闹与繁华。

④ 帐：元宵节时，富贵人家要在堂前悬挂帏帐，帐里焚香。香吐麝：意谓富贵人家的帐底吹出一阵阵的麝香气。麝：即麝香，名贵的香料。

⑤“更无”句：说的是江南气清土润，行马无尘。唐人苏味道《正月十五日夜》诗：“暗尘随马去，明月逐人来。”

⑥ 山城：此处指密州。

⑦“击鼓”句：形容密州的元宵节远没有杭州的元宵节热闹，只有在农家社稷时才有鼓箫乐曲。农桑社：农村祭神以求丰年的场所。《周礼》“凡国祈年于田租，吹《豳雅》，击土鼓，以乐田畯（农神）”。王维《凉州郊外游望》“婆娑依里社，箫鼓赛田神”。

⑧ 火冷：形容火光微弱。

⑨ 昏昏：意谓密州的元宵节十分清冷。垂：靠近。

【今译】

杭州元宵，夜晚的灯火灿烂，
月色明亮，照得人像画一样。
笙歌缭绕，帐底麝香阵阵飘，
骑马观灯，没有一点灰尘扬。

来到密州，寂寞相伴人也老，
箫鼓声中，百姓却在祭春社。
灯火稀少，寒意随着霜露来，
阴云密布，预示将有大雪降。

【鉴赏】

苏轼于宋神宗熙宁七年（1074）九月，由杭州通判调知密州（今山东诸城），十一月三日到任。次年正月十五，写下这首词。

题目是“密州上元”，词却从钱塘即杭州的上元夜写起。苏轼在熙宁四年十一月到杭州上任，在杭州整整三年，过了三个元宵节，印象是深刻而新鲜的。元宵的特点，第一是灯。苏轼对此没有细写，仅点了一句“灯火钱塘三五夜”，其灯火的盛况便可想见。其次是月。“明月如霜”，用“如霜”形容月，是取其色白。但元宵的月又不同于平常。十五夜月正圆，灯月交辉，引来满城士女，争相游赏。《东京梦华录》“元宵”说：“五陵年少，满路行歌；万户千门，笙簧未彻。”《武林旧事》说：“元夕节物，妇人皆戴珠翠、闹蛾、玉梅、雪柳……而衣多尚白，盖月下所宜也。”就是词中所谓的“人如画”了。这“帐底吹笙香吐麝”所写的情景，到南宋时杭州升为临安府，做了都城，可就越见繁奢了。“更无一点尘随马”，化用上述苏味道《正月十五日夜》诗“暗尘随马去，明月逐人来”句，进一步从动态写游人。

上阕整个描写杭州元宵景致，写得有声有色，热闹非常，乍看似与题中“密州”无涉。到“寂寞山城人老也”一句，只用“寂寞”二字一点，便将前面“钱塘三五夜”那一片热闹景象全部移来，为密州上元当前光景作反衬，再不需多着一字，使人领会到密州上元的寂寞冷落究竟是如何了。

苏轼刚到密州两个多月，即逢上元。密州上元之夜，也该是有灯有月，也有游人，如果正面叙写，也不是不可以。但是，他当时的处境却令他不能如此下笔。他这一次由杭州调知密州，环境和条件出现了很大的变化，遂使心情完全不同。他在第二年所写的《超然台记》中说道："始至之日，岁比不登，盗贼满野，狱讼充斥，而斋厨索然，日食杞菊，人固疑余之不乐也。"这才是他感到"寂寞"的真正原因。于是这位刚到新任、年仅四十的"使君"忧愁满腹，不禁有"人老也"之叹。在这上元之夜，他随意闲行，听到箫鼓之声，走去看看，原来是村民正在举行社祭，祈求丰年。这里农民祈年的场面和箫鼓之声，在作者此时的心目中，实比元宵夜的灯火笙歌更为亲切。直到夜深"火冷灯稀霜露下"，他才离去。这时候，郊外彤云四垂，阴霾欲雪。"昏昏雪意云垂野"一句，表面上意象凄惨，却是写出了他心中的希望，有一种"雪兆丰年"的喜悦之情。

## 诗词故事

### 正月十五夜咏月

正月十五元宵节是一年中第一个圆月之夜。这天夜里，天上一轮圆月冉冉升起，地上万盏灯火一派通明，星月灯烛，交相辉映，更有歌舞笙乐，神灯佛火，云车火树，珠翠管弦，于是，家家户户，哪个还肯逗留在家中不出来呢？崔液《上元夜》说："谁家见月能闲坐，何处闻灯不看来。"不仅仅是万人空巷，家家出门，而且往往是通宵达旦地玩个痛快。

正月十五咏月，与其他时间不同的，就是既咏灯又咏月。灯光与月色相辉映，共同装点这元宵节的夜晚。因此，苏味道的《正月十五日夜》写道："火树银花合，星桥铁锁开。暗尘随马去，明月逐人来。"李商隐则说"月色灯光满帝城"。苏轼《蝶恋花·密州上元》："灯火钱塘三五夜，明月如霜，照见人如画。"朱淑真《生查子·元夕》："去年元夜时，花市灯如昼。月上柳梢头，人约黄昏后。"辛弃疾《青玉案·元夕》："凤箫声动，玉壶光转，一夜鱼龙舞。"那"玉壶"便是指"月"，"鱼龙"便是指各式灯笼。元朝无名氏《折桂令·元宵》曲："爱元宵三五风光，月色婵娟，灯火辉煌。月满冰轮，灯烧陆海，人踏春阳。"清代诗人姚元之有诗曰："十二楼前灯似火，四平街外月如霜。"何景明则说"明月千门雪，银灯万树花”。这些元宵咏月的诗词都是灯月并举，有着灯月辉映的效果。

有的元宵诗词中“月”比较突出一些。如白居易《正月十五夜月》：“岁熟人心乐，朝游复夜游。春风来海上，明月在江头。灯火家家市，笙歌处处楼。无妨思帝里，不合厌杭州。”题目已经是咏月了，但是写的时候还是要写到灯。有些诗词有两个部分，那么，一部分写灯，一部分写月，也是一种安排。李持正《明月逐人来》可说是上阕重在写月，其“皓月随人近远”句亦博得苏轼一声喝彩。清朝董舜民《元夜踏灯》下阕重在写月：“姮娥此夜悔还无？怕入广寒宫阙。不如归去，难畴畴昔，总是团圆月。”

还是明代唐寅总结得好：“有灯无月不娱人，有月无灯不算春。春到人间人似玉，灯烧月下月如银。”把元宵咏月的特点说出来了。

## 节日诗词

### 永遇乐

［宋］李清照

落日熔金①，暮云合璧②，人在何处。染柳烟浓，吹梅笛怨③，春意知几许。元宵佳节④，融和天气⑤，次第岂无风雨⑥。来相召，香车宝马，谢他酒朋诗侣⑦。

中州盛日⑧，闺门多暇⑨，记得偏重三五⑩。铺翠冠儿⑪，捻金雪柳⑫，簇带争济楚⑬。如今憔悴，风鬟霜鬓⑭，怕见夜间出去⑮。不如向、帘儿底下，听人笑语。

【注释】

① 熔金：比喻金黄色的阳光。

② 合璧：像玉一样合在一块。璧：玉。因云与玉颜色相似，故云。

③ 梅：指的是《梅花落》的曲子。

④ 元宵：农历正月十五。

⑤ 融和：暖和。

⑥ 次第：紧接着，转眼，表示很快。

⑦ 谢：辞谢。

⑧ 中州：古代对河南一带的称呼，这里指北宋都城汴京。

⑨ 闺门：内室，女子住所。

⑩ 偏：最。三五：这里指元宵节。

⑪ 铺翠冠儿：帽子上装饰着翠玉。

⑫ 捻金雪柳：指妇女头上的金首饰。

⑬ 簇带：打扮。济楚：整齐。

⑭ 风鬟霜鬓：指头发很乱。

⑮ 怕见：懒得。

**【今译】**

落日辉煌如黄金熔开，
暮云合拢似一片璧玉，
可我如今又身在何处？
绿柳笼罩于浓烟之中，
《梅花落》笛曲清幽哀怨，
春意是仍然觉得不足！
元宵佳节，天气和暖，
谁知道是否会有风雨！
有朋友乘坐华丽车马，
我谢绝了他们的邀请。

想过去汴京繁盛之时，
闺中女子有不少空闲，
那时特别看重元宵节。
头戴玉翠妆饰的帽子，
用捻金雪柳妆扮自己，
满头饰品、整齐美丽。
如今容颜憔悴鬓发乱，

元宵夜间也不愿出门。
还不如躲在窗帘后面，
听别人家的欢声笑语。

【鉴赏】

李清照的这首《永遇乐》是作者流寓临安时所作。这首词虽写元夕，却一反常调，以今昔元宵的不同情景作对比，抒发了深沉的盛衰之感和身世之悲。

上阕写今年元宵节的情景。“落日熔金，暮云合璧”着力描绘元夕绚丽的暮景，但紧接着一句“人在何处”，却宕开去，是一声充满迷惘与痛苦的长叹。这是一个饱经丧乱的人在似曾相识的情景面前产生的一时的感情活动，看似突兀，实则含蕴丰富，耐人咀嚼。“染柳烟浓，吹梅笛怨，春意知几许”三句，又转笔写初春之景：在浓浓的烟霭的熏染下，柳色似乎深了一些；笛子吹奏出哀怨的《梅花落》曲调，原来先春而开的梅花已经凋谢了。这眼前的春意究竟有多少呢？“春意知几许”，实际上是说春意不足。“元宵佳节，融和天气，次第岂无风雨”，佳节良辰，应该畅快地游乐了，却又突作转折，说转眼间难道就没有风雨吗？“来相召，香车宝马，谢他酒朋诗侣。”词人的晚景虽然凄凉，但由于她的才名家世，临安城中还是有一些贵家妇女乘着香车宝马邀她去参加元宵的诗酒盛会。只因心绪落寞，她都婉言推辞了。这几句看似平淡，却恰好透露出词人饱经忧患后近乎漠然的心理状态。

“中州盛日，闺门多暇，记得偏重三五。”由上阕的写今转为忆昔。遥想当年汴京繁盛的时代，自己有的是闲暇游乐的时间，而最重视的是元宵佳节。这天晚上，同闺中女伴们戴上嵌插着翠鸟羽毛的时兴帽子，和金线撚丝所制的雪柳，插戴得齐齐整整，前去游乐。这几句既切合青春少女的特点，充分体现那时候无忧无虑的游赏兴致，同时也从侧面反映了汴京的繁华热闹。但是，昔日的繁华欢乐早已成为不可追寻的幻梦，“如今憔悴，风鬟霜鬓，怕见夜间出去。”历尽国破家倾、夫亡亲逝之痛，词人不但由簇带济楚的少女变为形容憔悴、蓬头霜鬓的老妇，而且心也老了，对外面的热闹繁华提不起兴致，懒得夜间出去。“盛日”与“如今”两种迥然不同的心境，从侧面反映了金兵南下前后两个截然不同的时代和词人相隔霄壤的生活境遇，以及它们在词人心灵上投下的巨大阴影。“不如向、帘儿底下，听人笑语。”面对现实的繁华热闹，她却只能隔帘笑语声中聊温旧梦。这是何等的悲凉！

这首词运用今昔对照与丽景哀情相映的手法，还有意识地将浅显平易而富表现力的口语与锤炼工致的书面语交错融合，以极富表现力的语言写出了浓厚的今昔盛衰之感和个人身世之悲，有着强烈的艺术感染力。

## 诗词故事

### 今昔对比咏元宵

运用今昔对比的手法来写元宵节，几乎是南、北宋之交词人的特色，他们既有着北宋时元宵狂欢的强烈记忆，又有着南宋时的凄凉遭遇。虽然南宋纸醉金迷的临安，元宵节未必不热闹，同样有融合天气，同样有香车宝马来相召。但是却没有通宵游赏的心情，有的只是家国兴亡的沉痛与伤感。李清照的《永遇乐》

(落日熔金)是其中杰出的代表。

刘辰翁的《永遇乐》(璧月初晴)其实是李清照《永遇乐》(落日熔金)的和词。刘辰翁所处的时代已经是宋亡元兴的时期,在文天祥起兵勤王之时,刘辰翁毅然投入抗元斗争。宋亡后,刘辰翁隐居山中。他和李清照并不是同一时期的人,但是李清照的家国之痛却感染了许许多多的爱国志士。刘辰翁的《永遇乐》(璧月初晴)写于南宋灭亡的前一年,词序云:“余自乙亥(1275)上元诵李易安《永遇乐》,为之涕下,今三年矣。每闻此词,辄不自堪。遂依其声,又托之易安自喻。虽辞情不及,而悲苦过之。”其词云:“璧月初晴,黛云远淡,春事谁主?禁苑娇寒,湖堤倦暖,前度遽如许!香尘暗陌,华灯明昼,长是懒携手去。谁知道,断烟禁夜,满城似愁风雨!宣和旧日,临安南渡,芳景犹自如故。缃帙流离,风鬟三五,能赋词最苦。江南无路,鄜州今夜,此苦又谁知否?空相对,残红无寐,满村社鼓。”词中一会儿写李清照,一会儿写自己,一会儿又叙起李清照当年,其实写李清照,也就是写自己,二者合一,总是在抒发作者亡国之痛和故国之思的深切感情。

汪元量《传言玉女·钱塘元夕》也是用今昔对比的手法来写元宵节的。当时元军兵临临安城下,汪元量则在围城之中过南宋最后一个元宵节,其词更有一种大厦将倾的沉痛感。其词云:“一片风流,今夕与谁同乐?月台花馆,慨尘埃漠漠。豪华荡尽,只有青山如洛。钱塘依旧,潮生潮落。万点灯光,羞照舞钿歌箔。玉梅消瘦,恨东皇命薄。昭君泪流,手撚琵琶弦索。离愁聊寄,画楼哀角。”元宵节又称灯节,往日火树银花,万点灯光,今日却羞照歌舞场面,最后以“哀角”作结,在元宵诗词中实所罕见。

蒋捷的《女冠子·元夕》已经是南宋亡国之后写的。其词云:“蕙花香也,雪晴池馆如画。春风飞到,宝钗楼上,一片笙箫,琉璃光射。而今灯漫挂,不是暗尘明月,那时元夜。况年来、心懒意怯,羞与蛾儿争耍。江城人悄初更打,问繁华谁解,再向天公借?剔残红灺,但梦里隐隐,钿车罗帕。吴笺银粉砑,待把旧家风景,写成闲话。笑绿鬟邻女,倚窗犹唱,夕阳西下。”开头六句用浓墨重彩描绘出一个花香四溢、月光皎洁、灯光耀眼、乐声鼎沸的闹元宵的生活图景，声色光影俱全。“而今”二字陡转，点明前面所写乃昔日故国的节日风光。以下几句直抒胸臆，繁华已成过去，作者早已心灰意懒。下阕描写当今之落寞，“问繁华”二句，希望故国的繁华还能恢复，但毕竟是一去无迹。于是只在梦境中重见，并打算将其写成“闲话”，表示对故国的眷恋、凭吊，这当是唯一的方式。末二句却听到邻女唱南宋盛时著名的游元宵词。国破家亡后的元宵最易牵动人们的故国之思，在他的词里，能感受到作者对往昔之繁华不再重来的无奈，和复国无望的深深的痛切之情。

## 节日诗词

### 明月逐人来[①]

［宋］李持正[②]

星河明淡[③]，春来深浅。
红莲正、满城开遍[④]。
禁街行乐[⑤]，暗尘香拂面[⑥]。
皓月随人近远[⑦]。

天半鳌山[⑧]，光动凤楼两观[⑨]。
东风静、珠帘不卷[⑩]。
玉辇将归[⑪]，云外闻弦管[⑫]。
认得宫花影转[⑬]。

**【注释】**

① 明月逐人来：李持正首创的词调，词牌名取自苏味道《正月十五日夜》诗“明月逐人来”。

② 李持正：南、北两宋之交的人。

③ 星河：银河。

④ 红莲：指扎成莲花状的灯。陈元靓《岁时广记》引《岁时杂记》说：“上元灯槊之制，以竹一本，其上破之为二十条，或十六条；每二条以麻合系其稍，而弯屈其中，以纸糊之，则成莲花一叶；每二叶相压，则成莲花盛开之状。灯其中，旁插蒲捧荷剪刀草于花之下。”这就是红莲灯的形状和制作方法。

⑤ 禁街：指京城街道。

⑥ 暗尘香拂面：苏味道《正月十五日夜》：“暗尘随马去，明月逐人来。”周邦彦《解语花·上元》：“人影参差，满路飘香麝。”此句兼从苏味道诗与周邦彦词化出。

⑦ 皓月随人近远：化自苏味道《正月十五日夜》诗“明月逐人来”。

⑧ 鳌山：元宵灯景的一种。这种灯具是把成千

上万的彩灯,堆叠成一座像传说中的巨鳌那样的大山("天半"形容其高),也叫"山棚"、"采山"。《东京梦华录》载:"大内前自岁前冬至后,开封府绞缚山棚,立木正对宣德楼。"

⑨ 凤楼两观:指宣德楼建筑,那是大内(皇宫)的正门楼。《东京梦华录》"大内"一节云:"大内正门宣德楼列五门,门皆金钉朱漆,壁皆砖石间,镌楼凤飞云之状,莫非雕甍画栋,峻角层榱;覆以琉璃瓦,曲尺朵楼,朱栏彩槛,下列两阙亭相对,悉用朱红杈子。"从此书的记载来看,"凤楼"就是宣德楼,"两观"就是它的东西两"阙亭"。

⑩ 珠帘不卷:即垂下帘子。宋代皇帝一般是垂帘观灯的。《东京梦华录》:"宣德楼上,皆垂黄缘帘,中一位乃御座。用黄罗设一彩棚,御龙直执黄盖掌扇,列于帘外。"

⑪ 玉辇:皇帝乘坐的车子,常用来借指皇帝。

⑫ 弦管:这里指皇帝回宫时奏响的音乐。

⑬ 认得宫花影转:这句话是说臣僚跟着皇帝回去。

【今译】

灯月交映，银河黯淡。
春意深浅，难以捉摸。
满城盛开红莲彩灯。
如今禁街，处处游人，
骑马扬起轻尘，
女子散发香气，
夹在一起，扑面而来。
明月逐人，忽远忽近。

鳌山宏伟，灯火璀璨，
光焰照耀凤楼两观。
东风轻拂，皇帝垂帘观灯。
音乐奏响，皇上观灯结束，
臣僚们带宫花随同回去。

【鉴赏】

李持正是南、北宋之交的人。词写的是汴京上元之夜灯节的情景。北宋时代，“太平日久，人物繁阜”，

“时节相次，各有观赏”，元宵自然也就成为隆重的节日之一，尤其是京师汴梁。北宋的著名词人柳永、欧阳修、周邦彦等都写过词来歌咏上元宵佳节盛况。

词采取由远而近的写法，从天空景象和季节入手。“星河明淡”二句，上句写夜空，下句写季节。上元之夜，明月正圆，故“星河”（银河）显得明淡。此时春虽至，但余寒犹存，时有反复，故春意忽深忽浅。这两句写出了元夕的自然季候特征。“红莲”这一句转入写灯。“红莲正、满城开遍”，这一句“开”字又从莲花自身生出，花与灯两种意思相关，这种写法给人以快乐的美感。“禁街行乐”二句，写京城观灯者之众，场面之热闹。元宵夜，老百姓几乎全部走到街头，去行乐看热闹，以致弄得到处灰尘滚滚；而仕女们的兰麝细香，却不时扑入鼻中，使人欲醉。“暗尘香拂面”句把苏诗与周词意思糅为一句，这样一来加大了句子的容量，也正因如此，词意的酣畅则有所逊色。“皓月随人近远”句，化自苏诗的“明月逐人来”。此时作者把视线移向天上，只见一轮皓月，似多情的伴侣，“随人近远”。苏东坡读到这句时曾说：“好个‘皓月随人近远'!"大概就是欣赏它笔意之妙。它与上句"暗尘香拂面"结合起来,写出兼有人间天上之美的元夕之夜。

下阕又笔锋一转写灯节的热闹。而笔墨着重于描写君王的游赏。"天半鳌山"三句,旨写皇帝坐御楼上看灯。皇帝坐楼上看到,鳌山上千万盏的彩灯,璀璨辉煌,使他感到十分悦目赏心,故曰"光动凤楼两观"。宋代皇帝一般是垂下帘子来观灯的,"东风静、珠帘不卷"句说的就是这种情况。而有了"东风静"三字,则自然与人事相交融的境界全部体现出来了。

"玉辇将归"三句,写皇帝御驾回宫。这时候,楼上乐队高声吹奏管弦。鼎沸乐声,仿佛从云外传来。这就是"玉辇将归,云外闻弦管"的意思。"认得宫花影转",这句话是说臣僚跟着皇帝回去。皇帝回宫时,臣僚们帽上簪着宫花,因而彩灯映照下,花影也就跟着转动了。这样写臣僚跟着归去,是很生动的。

这是一首描绘时节风物的词。它提供了北宋都城汴京的元宵风俗情景,特别是皇帝观灯的场面,可以与史籍相印证,有历史价值。本词继前人处亦能有所变化，描写也比较生动。还应该指出，用此调填词是作者的首创，创调之功，不应埋没。

## 诗词故事

### 元宵节观灯诗话

元宵节，各种富有创意而制作精致的灯装点着夜空，把元宵节的夜晚变成溢彩流光的世界。灯是元宵节的主角，因此元宵节又称灯节。唐朝元宵灯会是十分铺张的，唐代历朝皇帝例行于元宵之夜“御楼观灯”，以庆天下太平，以示普天同庆。宫廷、寺观、显宦府邸、富豪宅第都设山棚，搭彩楼，不惜重资，“盛造灯笼烧灯”，以斗奇争胜，大街小巷也都挂满了灯，“光明若昼”。据张鷟《朝野佥载》卷三介绍：“（唐）睿宗先天二年正月十五、十六夜，于京师安福门外，作灯轮高二十丈，衣以锦绮，饰以金玉，燃五万盏灯，簇之如花树。宫女千数，衣罗绮，曳锦绣，耀珠翠，施香粉。……妙简长安、万年少女妇千余人……于灯轮下踏歌三日夜。欢乐之极，未始有之。”那规模空前的皇家踏歌舞会，在灯光映照下更显得豪华而壮观。张说《十五日夜御前口号踏歌词》“帝宫三五戏春台，行雨流风莫妒来。西域灯轮千影合，东华金阙万重开”就是记载这次元宵踏歌盛会的。据《开元天宝遗事》载：“韩国夫人置百枝灯树，高八十尺，竖之高山上，元夜点之，百里皆见，光明夺月色也。”“杨国忠子弟，每至上元夜，各有千炬红烛围于左右。”描写元宵灯会的诗歌很多，如初唐诗人卢照邻的《十五夜观灯》：“缛彩遥分地，繁光远缀天。接汉疑星落，依楼似月悬。”张祜《正月十五夜灯》：“千门开锁万灯明，正月中旬动帝京。”这些都形象地描绘了元宵夜灯火规模之大。

宋代的元宵夜更是盛况空前，灯市更为壮观。苏东坡有诗云：“灯火家家有，笙歌处处楼。”范成大也有诗写道：“吴台今古繁华地，偏爱元宵影灯戏。”诗中的“影灯”即“走马灯”。辛弃疾《青玉案·元夕》：“东风夜放花千树，更吹落、星如雨。宝马雕车香满路。凤箫声动，玉壶光转，一夜鱼龙舞。”孟元老《东京梦华录》记载着北宋都城开封灯节“歌舞百戏”、“灯山上彩，金碧相射，锦绣交辉”的盛景民俗。李持正《明月逐人来》词记载了皇帝坐御楼上看灯的场面。周密的《武林旧事》则记述了南宋京城杭州元夕的灯市繁华、灯品精美和“百艺群工，竞呈奇技”的盛况风情。终宋一朝，元宵灯会时间之长，规模之大，景观之瑰丽，灯具之奇巧，又跨越了前代。

宋朝元宵张灯，其代表之作为“鳌山”灯。鳌山是上古神话传说中的海中高山。据《列子・汤问》载：渤海之东有大壑，其下无底，中有五山，常随波上下漂流，天帝令十五巨鳌举首戴之，五山才兀持不动。宋代元宵灯节，京城、州府普遍以这一传说立意，设计大型鳌山灯组，其构思既与传说关联又有变通，其造型通常为一只或数只巨鳌背负山峦，山上荟萃千百盏华灯，山石、树木齐备，点缀以佛、仙、神的雕塑、绘画。山上可容乐工伶官奏乐，山前设有大露台，供歌舞演出或工艺品展示。鳌山灯气势恢宏，体量巨大，叠翠堆金，浮光耀影，常为灯会压卷之作，寓“江山永固，长治久安”之意。故帝后、嫔妃、臣僚都要在特定的时辰观赏鳌山灯。这也是宋代诗词作者常常写到的景观，如郑玉《元宵》诗“对簇鳌山十万人，皇都今夕几分春”、柳永元宵词《迎新春》写到“十里燃绛树。鳌山耸，喧天箫鼓”、向子禋《鹧鸪天》云“紫禁烟花一万重，鳌山宫阙倚晴空”等都特别写到了鳌山灯。

元宵灯的设计与制作主要由技艺精湛的工匠来完成，但是值得注意的是，家家户户悬挂的灯里面，有许多还是出于普通妇女的手工制作。周密《武林旧事》卷二“灯品”还特地说到：“又有深闺巧娃，剪纸而成，尤为精妙。”朱敦儒《好事近》（春雨细如尘）“美人慵剪上元灯”，即反映了这种情况。

元、明、清三代的元宵仍是一个重要的节日，明、清时期的元宵灯会更普及全国各州县乡镇，只要是汉民族聚居的地方，哪怕是边远小镇，也是“花灯烟火照通宵，锣鼓杂耍闹达日”。各地在元宵前夕，都开设了灯市，灯的种类亦日益繁多。

## 节日诗词

### 生查子·元夕

［宋］朱淑真

去年元夜时①，花市灯如昼②。
月上柳梢头，人约黄昏后。

今年元夜时，月与灯依旧。
不见去年人，泪湿春衫袖。

**【注释】**

① 元夜：农历正月十五夜，即元宵节，也称上元节。

② 花市：繁华的街市。

**【今译】**

去年元宵节的夜晚，
花灯照耀如同白昼。
月儿挂在柳树梢头，
情人相约黄昏以后。

今年元宵节的夜晚，
月亮和花灯仍如旧，
去年情人不见踪影，
眼泪沾湿新的衣袖。

**【鉴赏】**

此词一说欧阳修作，但朱淑真另有一首《元夜诗》："火烛银花触目红，揭天吹鼓斗春风。新欢入手愁忙里，旧事惊心忆梦中。但愿暂成人缱绻，不妨常任月朦胧。赏灯那待工夫醉，未必明年此会同。"内容可与此词互看。

词以灵光独运的艺术构思，使今与昔、悲与欢互相交织、前后映照，从而巧妙地抒写了物是人非、不堪回首之感。上阕追忆去年元夜的欢会。“花市灯如昼”，极写元宵灯火辉煌。但描写灯市不过是为了展示欢会的时空背景，因而一笔带过，不多着力。“月上柳梢头”二句再现那令人沉醉的情景。“黄昏后”，交代主人公与其情侣相会的时间。“月上柳梢头”，既是对“黄昏后”这一时间概念的形象示现，也是对男女主人公欢会的环境的补充描绘——明月皎皎，垂柳依依，是那样富于诗情画意。“人约”，点出男女主人公并非邂逅灯市，而是早有密约。这表明他们即使尚未私订终身，至少也彼此倾心。

值得称道的是，作者没有正面涉笔他们相会前的心驰神往，见面后的欢声笑语，以及分手后的意乱情迷，而仅用一句“人约黄昏后”提示，深得艺术三昧。

下阕抒写今年元夜重临故地，不见伊人的感伤。“月与灯依旧”，说明景物与去年一般无二，照样月光普照，华灯齐放。但风景无殊，人事全异。“不见去年人”二句情绪一落千丈：去年莺俦燕侣，对诉衷肠，今年孤身只影，徒忆前盟，抚今思昔，泪下如注。因何“不见”，一字不及，或有难言之隐，或许故意留下悬念。全词的艺术构思近似于唐人崔护的《游城南》诗(去年今日此门中),却较崔诗更见语言的回环错综之美,也更具民歌风味。

## 诗词故事

### 人约元夕黄昏后

有人将古代的元宵节作为我国传统的情人节,据说是因为古代的未婚少女平时足不出户,只有元宵节这天才被破例允许结伴出门,看灯赏玩,不少男女借机物色心上人。柳永《迎新春》词“香径里,绝缨掷果无数。更阑烛影花阴下,少年人,经纶奇遇”写的就是这种现象。因此,元宵节也就造就无数良缘美眷。有的人认为,元宵夜,为有情人提供了一个传情达意的渠道,情侣们或密笺赴约,或互赠诗帕,体现的是一种纯洁的男女之情,这种感情含蓄内敛,韵味十足。关于这一点,宋代孟元老《东京梦华录·元宵》中也有一点记载:元宵灯夜,汴京不仅华灯火树,争奇斗艳,而且“城躅不禁,别有深坊小巷,巧制新妆,竞夸华丽,春情荡飏，酒兴融怡，雅会幽欢，寸阴可惜，景色浩闹，不觉更阑”。

朱淑真的这首《生查子·元夕》是主张元宵节为中国古代情人节的典型例子，其中“月上柳梢头，人约黄昏后”更被赞誉成最有诗意、最为销魂的时刻。辛弃疾的“众里寻他千百度，蓦然回首，那人却在，灯火阑珊处”也被认为元宵节情人约会的例子。

但是，反对的人也很多，最根本的理由就是我国古代讲的是“父母之命，媒妁之言”，而非自由恋爱。朱自清先生《中国新文学大系·诗集·导言》里说：“中国缺少情诗，有的只是‘忆内’、‘寄内’，或曲喻隐指之作；坦率的告白恋爱者绝少，为爱情而歌咏爱情的更是没有。”

当然这也不是说古代就没有“情人”这回事。其实古代诗词中写到“情人”的情诗不可胜举，只是“情人”这个词语在我国古代，其内容比较复杂，包含了各种情况。而谈情说爱更不限于元宵这一天的晚上，当然更不限于游人如织的元宵观灯场所。

不过，应该承认，元宵节在古代就是属于比较自由开放的节日，同时，元宵节蕴含丰裕，有团圆、甜蜜、红火之意，而这都与爱情有关。不必刻意在古典文献中去寻找所谓的根据，而打造出一个中国的情人节，让元宵节也洋溢出青春的激情与诗意，也未必不可以。

## 节日诗词

### 青玉案[①]·元夕[②]

［宋］辛弃疾

东风夜放花千树[③]。更吹落，星如雨[④]。宝马雕车香满路[⑤]。凤箫声动[⑥]，玉壶光转[⑦]，一夜鱼龙舞[⑧]。

蛾儿雪柳黄金缕[⑨]，笑语盈盈暗香去[⑩]。众里寻他千百度[⑪]，蓦然回首[⑫]，那人却在，灯火阑珊处[⑬]。

**【注释】**

① 青玉案：词调名，出自东汉张衡《四愁诗》："美

人赠我锦绣段,何以报之青玉案。”

② 元夕:阴历正月十五日为元宵节,是夜称元夕或元夜。

③ 花千树:形容灯火之多,如千树繁花齐开。

④ 星如雨:指焰火纷纷,乱落如雨。

⑤ 宝马雕车:装饰华美的马车。

⑥ 凤箫:《神仙传》:秦穆公之女弄玉,善吹箫作凤鸣声,引来了凤。故称箫为凤箫。

⑦ 玉壶:比喻月亮。

⑧ 鱼龙:指鲤鱼灯、龙灯等各种彩灯形状。鱼龙舞:古代百戏的一种,此处指灯节中舞龙灯一类的表演。

⑨ 蛾儿雪柳:宋代元宵节妇女头上所戴的装饰物。黄金缕:指雪柳上的饰物。

⑩ 盈盈:仪态美好的样子。暗香:美人身上散发的幽香。

⑪ 千百度:千百次。

⑫ 蓦然:突然,猛然。

⑬ 阑珊:灯火零落稀少。

【今译】

东风吹开元宵千树银花，
也吹落星雨般满天烟火。
宝马雕车留下一路芳香，
凤箫吹奏起悦耳的旋律，
明月送给节日万丈银辉，
鱼灯龙舞彻夜狂欢不息。

妇女们头戴鲜艳的饰物，
欢声笑语带着幽香离去。
人群中我千百次地找她，
猛然回头，却看到那人，
正独自站在灯火暗淡处。

【鉴赏】

此词极力渲染元宵节观灯的盛况。先写灯火辉煌、歌舞欢腾的热闹场面。东风还未催开百花，却先吹放了元宵节的火树银花。它不但吹开地上的灯花，而且还从天上吹落了如雨的彩星——燃放的烟火，先冲上云霄，而后自空中而落，好似陨星雨。然后写车马、鼓乐、灯月交辉的人间仙境，写那民间艺人们载歌载舞、鱼龙漫衍的“社火”百戏，极为繁华热闹，令人目不暇接。接着写游人车马彻夜游赏的欢乐景象。观灯的人有的乘坐香车宝马而来，也有头插蛾儿、雪柳的女子结伴而来。行走过程中不停地说笑，在她们走后，只有衣香还在暗中飘散。这些佳丽，都非作者意中关切之人，在百千人群中只寻找一个——却总是踪影难觅，忽然，眼睛一亮，原来她在一个冷落的地方，还未归去，似有所待！于是，在“一夜”之中寻了“千百度”的她终于找到了。

这首词着力用反衬法。词从开头起“东风夜放花千树”，就极力渲染元宵佳节的热闹景象：满城灯火，满街游人，火树银花，通宵歌舞。然而作者的意图不在写景，而是为了反衬“灯火阑珊处”的那个人的与众不同。前面热闹非凡的场景，是衬托灯火阑珊处的冷落；那笑语欢快的一群观灯者，是衬托“那人”的寂寞孤独。

## 诗词故事

### 灯火阑珊觅知音

“众里寻他千百度，蓦然回首，那人却在，灯火阑珊处”，王国维《人间词话》曾以此作为做学问的最高境界。这自然与词的本意无关。但是辛弃疾为什么在热闹欢腾的元宵夜要刻画这样一个形象呢？

梁启超说这首词是辛弃疾“自怜幽独，伤心人别有怀抱”。它将我们的思路引向词人的理想抱负和他坎坷的人生经历。

辛弃疾是个有着强烈的报国志向的人，当年他在北方带领义军和金兵作战，后来南渡，曾一度担任浙东安抚使、镇江知府等官。本希望能带领南宋人军收复北方领土，因此，他不止一次地向朝廷献计献策，但是朝廷的政策就是忍辱苟安，根本没有打算收复失地，这让怀抱满腔报国热情的辛弃疾心灰意冷，“却将万字平戎策，换得东家种树书”(《鹧鸪天》)，流露出他的消极情绪和满腹牢骚。在被弹劾退隐后，词人似乎也厌倦了政治，表面上过着一种陶渊明式的悠闲自得的生活，然而现实使他不甘寂寞，他内心涌动的激情不会熄灭。

《青玉案·元夕》这首词大约写在他被迫退休于江西上饶之后。“在灯火阑珊处”的“那人”其实是他自己的写照，至于在“众里寻他千百度”的人则是词中虚拟的角色。他没有卷入那万众欢腾的良宵盛会，他内心的隐痛使他与欢声笑语无缘，词中所描写的热闹亮丽都成了他的反衬，他独自在咀嚼着痛苦与孤独。

## 节日诗词

### 柳梢青·春感

［宋］刘辰翁①

铁马蒙毡②，银花洒泪③，春入愁城④。
笛里番腔⑤，街头戏鼓⑥，不是歌声。

那堪独坐青灯⑦，想故国、高台月明⑧。
辇下风光⑨，山中岁月⑩，海上心情⑪。

**【注释】**

① 刘辰翁(1232—1297)：字会孟，号须溪，庐陵(今江西吉安)人。景定三年(1262)进士，廷试忤贾似

道，得耿直名。德祐元年，文天祥起兵勤王，辰翁参与江西幕府。宋亡，托迹方外以归。大德元年卒。有《须溪集》一百卷，《须溪词》三卷。

② 铁马：披有铁甲的战马，此指元朝南下的骑兵。蒙毡：冬天在战马身上披上保暖的毡子。

③ 银花：指元宵节的花灯。

④ 愁城：指已沦陷的南宋都城临安(今杭州)。刘辰翁《永遇乐》(璧月初晴)“前度遽如许”，说明作者在临安沦陷后还曾到过临安。

⑤ 番腔：泛指少数民族吹唱的腔调。

⑥ 街头戏鼓：指元军在街上打着鼓耍把戏。

⑦ 青灯：微弱的灯光。

⑧ 故国：用李煜《虞美人》词“故国不堪回首月明中”语意。

⑨ 辇下：在皇帝车驾之下。代指京师。风光：指临安繁盛是热闹繁华的风光。

⑩ 山中岁月：指作者在山中度过的寂寞隐居岁月。

⑪ 海上心情：引忠臣苏武牧羊不忘故国之典。作者以之自况。南宋亡后，作者隐居山林度岁月，想

到逃往海滨的宋帝的心情,关怀着抗敌斗争的事业。

【今译】

到处都是披着毛毡的蒙古骑兵,
元宵节放出的烟火也伴人洒泪。
春天我又来到这座苦难的旧都。
听到的是横笛吹奏异族的腔调,
看到元人在街头打着鼓耍把戏,
这哪里还有一点大宋人的歌声。

在故乡庐陵山里独自面对青灯,
回想起故国明月下的上元灯节。
想到以前临安繁华的节日景象,
想到如今隐居山林的寂寞岁月,
想到当年海上抗元的激越心情。

【鉴赏】

这是一首情调沉郁苍凉,抒写亡国之痛和故国之思的优秀词篇。题名"春感",实际上是元宵节有感而作，这从词中“银花”、“戏鼓”、“月明”等与元宵节有关的景物可以看出。

作者在临安沦陷后还曾经到过临安，作者说“春入愁城”，具体时间应该是在元宵节前后。上阕写今年临安元宵灯节的凄凉情景。开头“铁马蒙毡，银花洒泪，春入愁城”三句，写元统治下的临安一片凄凉悲愁的气氛。“铁马蒙毡”，不仅点明整个临安已经处于元军铁蹄的蹂躏之下，而且渲染出一种凄惨阴森、与元宵灯节的喜庆气氛大相径庭的氛围。在元军的铁马践踏之下，广大人民心情凄惨悲凉，加之阴冷森严气氛的包围，竟连往常那火树银花不夜天的烟火也伴人洒泪了。“银花洒泪”的形象给这座曾经是繁华热闹的城市带来了一种哀伤而肃穆的凄凉氛围。紧接着，又用“春入愁城”对上两句作一形象的概括。“愁城”一词，指充满哀愁的临安城。作者就是在这个时候到临安城的。

“笛里番腔，街头戏鼓，不是歌声。”三句写临安元宵鼓吹弹唱的情景：横笛中吹奏出来的不是汉家的故音，而是带有北方游牧民族情调的“番腔”，街头上演出的也不再是熟悉的故国戏鼓，而是异族的鼓吹杂戏，一片呕哑之声，身为忠于故国的南宋遗民，听来根本不能称为“歌声”。这几句对元统治者表现了义愤，感情由前面的悲郁苍凉转为激烈高亢，笔势劲直，激愤直率，可以想见作者其时义愤填膺的心情。

下阕结束对临安元宵节的回忆。“独坐青灯”，指自己在故乡庐陵山中，独自面对青灯。心里想的却是南宋未亡时元宵节的景象。现在想的是“辇下风光，山中岁月，海上心情”。辇下风光，指故都临安的美丽风光。作者所指的“风光”应是宋亡前临安城元宵节的繁闹场景。山中岁月，指自己隐居山中的寂寞岁月。海上心情，当指作者当年参加文天祥军队投身抗元斗争时的心情。临安失守后，当时一部分爱国志士，在福建、广东一带海上继续进行抗元斗争。但是这些抗争都失败了，由此作者感到的是沉痛与无奈。

## 诗词故事

### 元宵节故国之思

刘辰翁是南宋末年的词人，也是一位富于民族气节的爱国者。理宗景定三年(1262)考进士时,刘辰翁因为廷试对策触犯了当时的权奸贾似道,被列入丙等。恭宗德祐元年(1275),民族英雄文天祥起兵勤王,刘辰翁参加抗元斗争,以同乡、同门的身份曾经短期参加文天祥的江西幕府。晚年隐居于故乡江西庐陵山中,从事著述。

临安沦陷到南宋灭亡,刘辰翁写过三首元宵节的词。

他的《永遇乐》写于宋端宗景炎三年(1278),亦即帝昺丙祥兴元年。这时,临安已在两年前被元军占领。刘辰翁在《永遇乐》词序中说:“余自乙亥上元诵李易安《永遇乐》,为之涕下,今三年矣。每闻此词,辄不自堪。遂依其声,又托之易安自喻。虽辞情不及,而悲苦过之。”确实如此,李清照经历的是南、北宋的变故,而刘辰翁经历的是宋亡元兴的变故。在《永遇乐》词中,刘辰翁抒发了眷念故国故都的情怀。

《柳梢青·春感》也是一首咏元宵节的词,这首词将南宋灭亡前后的元宵节景象作了对比,抒写亡国之痛和故国之思。《宝鼎现·春月》是三叠长调,刘辰翁三叠写了北宋、南宋和元统治下的三个时期的元宵节，形成强烈的对比，表现了作者悼念恨怅之情，其词云："红妆春骑，踏月影、竿旗穿市。望不尽楼台歌舞，习习香尘莲步底。箫声断，约彩鸾归去，未怕金吾呵醉。甚辇路喧阗且止，听得念奴歌起。父老犹记宣和事，抱铜仙、清泪如水。还转盼沙河多丽。滉漾明光连邸第，帘影动、散红光成绮。月浸葡萄十里。看往来神仙才子，肯把菱花扑碎？肠断竹马儿童，空见说、三千乐指。等多时、春不归来，到春时欲睡。又说向灯前拥髻，暗滴鲛珠坠。便当日亲见《霓裳》，天上人间梦里。"

## 节日诗词

### 好 事 近

［宋］朱敦儒

春雨细如尘，楼外柳丝黄湿。
风约绣帘斜去，透窗纱寒碧。

美人慵剪上元灯①，弹泪倚瑶瑟②。
却卜紫姑香火③，问辽东消息④。

**【注释】**

① 慵：描写懒困的状态。

② 瑶瑟：镶玉的华美的瑟。瑟：一种弹拨乐器，

其声悲怨。

③ 紫姑：古代传说中的厕神。宗懔《荆楚岁时记》：正月十五日“其夕迎紫姑。以卜将来蚕桑。并占众事”。由此可见，紫姑虽是厕神，但却是占卜、算卦的神，相传她常降坛为人解释吉凶。

④ 辽东：古郡名，故址今辽宁省东南部，多用来借指遥远的边地，以代亲人之所。

**【今译】**

春雨蒙蒙如细小的尘粒，
打湿了楼外金黄的柳丝。
绣花窗帘被风斜斜吹起，
透过绿纱窗感受到寒意。

美人懒懒地剪着上元灯，
拿起瑶瑟就流下了眼泪。
擎起一炷香求紫姑算卦，
看看有没有亲人的消息。

【鉴赏】

这首小词为作者早期作品，写元夕怀人之情致，词风婉约。起首两句写楼外。春雨绵绵密密，像尘雾一般，灰蒙蒙的，刚刚泛出鹅黄色的柳梢给雨打湿，水淋淋的。接下来，“风约”逗引出后两句，视点拉回室内。上阕状景，由远而近，由外而内，笔笔勾联，丝丝入扣；这几句看似景语，实乃情语，打下了女主人的主观色彩。“如尘”的雨，多少给人以凄迷低黯之感；柳色又新，牵惹着对远人的缕缕情思；阵阵轻寒，更使那碧色的窗纱涂上感伤的色调，寒气直浸入心底。其中“寒碧”是以景写情的重笔，女子心中的感受由此得到深刻的展示。作者借拟女主人的眼光，写出了一个寂冷的环境。

接着直接突出了居于画面中心的女主人公——“美人慵剪上元灯，弹泪倚瑶瑟”。上元即农历正月十五日元宵节，点明上元之时，背景就变得更加具体而典型，把人物感情衬托得愈加强烈。可见这一句“美人慵剪上元灯”，不是一般的身心慵懒，而是由于情绪恶劣之极。“弹泪倚瑶瑟”，加重悲情之分量，写她欲鼓瑟以舒怨怀亦不可能，只好倚瑟弹泪了。

结束两句："却卜紫姑香火，问辽东消息。"前一句承接上文，转进一层，写美人问卜的事。

无心剪灯，有意问卜，写出少妇关注的内容。辽东，多用来借指遥远的边地，以代亲人之所。唐人金昌绪《春怨》："打起黄莺儿，莫叫枝上啼。啼时惊妾梦，不得到辽东。"至此，词的主旨已经明确、完整地表达出来，而字面上终归没有道破。淡语入情，含蓄不尽。这一结语使全词意境浑成，主旨突出，堪称巧妙。

## 诗词故事

### 正月十五迎紫姑

古代正月十五有迎紫姑的习俗，宗懔《荆楚岁时记》说：正月十五日"其夕迎紫姑，以卜将来蚕桑，并占众事"。紫姑的来源，最早见于南朝刘敬叔的《异苑》卷五，说紫姑本人家妾，为大妇所妒，紫姑不堪虐待，于正月十五那天激愤而死。还有一种说法是《显异录》："紫姑，莱阳人，姓何名媚，字丽卿。寿阳李景纳为妾。其妻妒之，正月十五阴杀于厕中。天帝悯之，命为厕神。故世人作其形，夜于厕间迎祀，以占众事。”

“紫姑”，又作子姑。苏轼写有志怪小说《子姑神记》：“元丰三年正月朔日，予始去京师来黄州。二月朔至郡。至之明年，进士潘丙谓予曰：‘异哉，公之始受命，黄人未知也。有神降于州之侨人郭氏之第，与人言如响，且善赋诗，曰：苏公将至，而吾不及见也。已而，公以是日至，而神以是日去。’其明年正月，丙又曰：‘神复降于郭氏。’予往观之，则衣草木，为妇人，而置箸手中，二小童子扶焉。以箸画字曰：‘妾，寿阳人也，姓何氏，名媚，字丽卿。自幼知读书属文，为伶人妇。唐垂拱中，寿阳刺史害妾夫，纳妾为侍书，而其妻妒悍甚，见杀于厕。妾虽死不敢诉也，而天使见之，为其直怨，且使有所职于人间。盖世所谓子姑神者，其类甚众，然未有如妾之卓然者也。公少留而为赋诗，且舞以娱公。’诗数十篇，敏捷立成，皆有妙思，杂以嘲笑。问神仙鬼佛变化之理，其答皆出于人意外。坐客抚掌，作《道调梁州》，神起舞中节，曲终再拜以请曰：

‘公文名于天下，何惜方寸之纸，不使世人知有妾乎？’予观何氏之生，见掠于酷吏，而遇害于悍妻，其怨深矣。而终不指言刺史之姓名，似有礼者。客至逆知其平生，而终不言人之阴私与休咎，可谓知矣。又知好文字而耻无闻于世，皆可贤者。粗为录之，答其意焉。”

元宵夜迎紫姑是为了扶乩。这一风俗，大约始于唐朝。李商隐《昨日》诗中云：“昨日紫姑神去也，今朝青鸟使来赊。”《正月十五夜闻京有灯恨不得观》诗中云：“身闲不睹中兴事，羞逐乡人赛紫姑”。到了宋代，更为流行。从苏东坡《子姑神记》中“衣草木，为妇人，而置箸手中，二小童子扶焉。以箸画字……”可见扶乩活动的端倪。宋代张玉孃《灯夕迎紫姑神》“不妨鸟篆留仙迹，凤辇阜动出紫宫”说的正是占卜。朱敦儒《好事近》“却卜紫姑香火，问辽东消息”也是向紫姑打探消息了。

## 节日诗词

### 元夕咏冰灯

［明］唐顺之[1]

正怜火树千春妍[2]，忽见清辉映月阑[3]。
出海鲛珠犹带水[4]，满堂罗袖欲生寒[5]。
烛花不碍空中影[6]，晕气疑从月里看[7]。
为语东风暂相借[8]，来宵还得尽余欢[9]。

**【注释】**

① 唐顺之(1507—1560)：字应德，一字义修，号荆川。武进(今属江苏常州)人。明代散文家。

② 怜：爱。火树：元宵节在树上挂灯笼。妍：美好。

③ 清辉：指冰灯发出的光。阑：月将尽。

④ 鲛珠：神话传说中鲛人眼泪能化成珍珠。晋代张华《博物志》卷二“异人”：“南海外有鲛人，水居如鱼，不废织绩，其眼能泣珠。”这里指冰灯带着水珠。

⑤ 罗袖：指观灯的人。

⑥ “烛花”句：这句说冰灯里还能透出烛光。

⑦ 晕气：指冰灯外面的光晕。

⑧ 相借：指让冰灯多保存点时间。

⑨ 来宵：第二天晚上。

**【今译】**

正在欣赏春天灯树的千般娇艳，
忽然看到冰灯带着残月般光辉。
像出海鲛人的珍珠还带着水滴，
满场观赏的人群觉得寒气逼人。
冰灯里的烛光不影响月光皎洁，
冰灯的光晕好像是从月晕移来。
想和东风说把时间再推迟一点。
明天晚上我还要再来尽情欣赏。

【鉴赏】

冰灯，以其晶莹剔透、流光溢彩，如梦似幻的美，令人陶醉，令人遐思，令人流连忘返。明代，冰灯绝对还是稀缺品种，也只是在元宵灯节上才可能一睹芳容。当时的人觉得匪夷所思是自然而然的，对冰灯发生异乎寻常的兴趣，也是自然而然的。

唐顺之的这首《元夕咏冰灯》似乎也是初次见识冰灯。“正怜火树千春妍，忽见清辉映月阑”，完全是忽然之间发现的。元宵佳节，火树银花，虽然展示了春天的千般娇艳，但毕竟是年年如斯，花灯千姿百态，却也是司空见惯。于是冰灯的出现，叫人感到出乎意料。诗人正是拿往常的花灯来突出冰灯给人的新奇感，他没有直接写冰灯，而是先感觉到似月非月的灯光，这才发现冰灯。于是冰灯就烘云托月般地出现了。

接下来四句就直接描写冰灯。诗人抓住冰灯的特点，写到“出海鲛珠犹带水，满堂罗袖欲生寒”，一是冰灯带有水珠，即使气候寒冷，但内有烛火，再加上观赏的人群络绎不绝，冰灯表面就有融化的水滴。诗人把它想象成南海水中居住的鲛人眼里流出的珍珠。

这是个典故，出自晋代张华的《博物志》。李商隐《锦瑟》诗“沧海月明珠有泪”也是用的这个典故。唐顺之用这个典故显然是美化了冰灯渗出的水珠，以此来传达自己欣喜的心情。冰灯的第二个特点就是带有寒气。“满堂”当指满场。满场观赏的人都感到了寒意。诗人的意思是说，观赏的人群还不知道这寒意从何而来，其实这是写冰灯的特点。

“烛花不碍空中影，晕气疑从月里看”是结合月光来写冰灯。冰灯的制作，据清代方观承《冰灯》诗序说到“缚细篾为灯形，以水淋之凝结”。然后燃烛于其内，“晶莹朗彻”。冰灯映出的烛光，相对来说比较柔和，因此，它不是与月光争辉，而是和月光互相辉映。而冰灯会形成光晕，这种光晕和月晕也有相似之处，所以诗人把光晕错看成月晕，其实也是作者故意看错，其意在于把两者相比较。

最后两句“为语东风暂相借，来宵还得尽余欢”，写自己“余兴未尽”的感受。冰灯的美中不足之处就是寿命太短，不能供人们长时间的观赏，是很让人遗憾的事。因此诗人异想天开地想和东风商量，把元宵节的时间再延长一点，其实是想让冰灯多保存一点时间，因为诗人余兴未尽，打算第二天夜晚还要来观赏。诗人的惊喜、钟爱都于此处见之。

## 诗词故事

### 元宵奇观话冰灯

冰灯是流行于中国北方的一种古老的民间艺术形式，也是元宵灯会中的特殊品种。唐顺之《元夕咏冰灯》表示，至少在明朝就有冰灯制作。冰灯，一般来说，在寒冷的北方才有。不过，南方在特别寒冷的时候也有冰灯。明代徐渭有两首《咏冰灯》诗，其一云："夜堂流影倍生妍，刻挂谁秉冻未阑。烛晕只疑杯水抱，火齐应落数珠寒。薄轮逼焰清难觅，满魄生花洞可看。复道余光能照胆，却令游女怯追欢。"其二云："玉枝丛里总称妍，径尺能消几夜阑。对日水晶谁取火，生花银烛自禁寒。共燃始觉琉璃避，但持还将雨雹看。无奈阳和消作日，何人筵上解悲欢。"不过，南方的冰灯毕竟是少数。

元宵节的冰灯，诗人咏赞甚多。清康熙六年(1667)正月十五日夜，陈五班在京师月下观灯，“见有以冰为灯者，大如斗，方圆异体，空其中，置烛，光莹莹然”，他“顾而乐之”，并写下了《冰灯记》一文。其后，毛会侯也有《冰灯赋》，于冰灯之制法、特点以及燃灯效果之描写，曲尽其妙。

东北地区最早的咏冰灯诗，产生于康熙五十年(1711)的沈阳。廖腾煌于该年写有《元宵有进冰灯者》诗，其中有“野人献春色，巧制上元灯”、“金骋光炯炯，玉简青棱棱”等诗句。诗写于该年，则表明该地冰灯的产生早于该年。

黑龙江的冰灯诗则始于嘉庆年间。嘉庆十一年(1806)，流放齐齐哈尔的满族学者西清在其成书丁嘉庆十五年(1810)的《黑龙江外纪》中写道：“上元，城中张灯五夜，村落妇女来观剧者，车声彻夜不绝。有楼五六尺冰为寿星灯者，中燃双炬，望之如水晶人，此为难得。”可见齐齐哈尔已有寿星冰灯出现。嘉庆二十二年朱履中因事流放齐齐哈尔。至戍所后，写有组诗《龙江百五钞》，内有一首即咏该地寿星冰灯。诗云：

“元夜观灯走不停，村车磊磊也来经。要童嫁女哗声脆，争看玻璃老寿星。”同治九年(1870)因天津教案牵累流放齐齐哈尔的天津知府张光藻也有一首绝句云：“元宵佳节兴堪乘，吹到江风冷不胜。明月渐高人未散，街前争看寿星灯。”

道光初年，江华知县金德荣因事流放新疆的巴里坤。当时有一流放该处的山东郑姓典商，每届阴历十二月就叠雪为冰灯，在宽长各十余丈的范围内，山峰平原、亭台楼阁、玉屏、石壁、几案、人物，全部是“转冰为之”，在内燃以巨烛，以烛照冰，光彩四射，金碧辉煌。而且于正月十五日之夕起，至十八日止，对外展出。灯展期间，“城乡士女全集，观者如堵”。金德荣流放到这里三年，三次观看到这种奇观，认为自己“平生足迹几半天下，从未见此奇制”，甚至流放该地，也“不枉只身行万里”，从而写出了连诗序在内多达496字的长诗《巴里坤冰灯歌》，其中写道：“朔风一衣结作冰，裁雪妙手转为灯。以矾入冰冰不化，以烛照冰光四射。五里以内尽通明，半月能教天不夜。”冰灯成为元宵灯节中的一道奇特的景观。

## 十五日夜御前口号踏歌词[①]

［唐］张说[②]

花萼楼前雨露新[③]，长安城里太平人。
龙衔火树千重艳[④]，鸡踏莲花万岁春[⑤]。

帝宫三五戏春台[⑥]，行雨流风莫妒来。
西域灯轮千影合[⑦]，东华金阙万重开[⑧]。

**【注释】**

① 御前口号：颂诗的一种，多指献给皇帝的颂诗。踏歌词：为踏歌而写的歌词。

② 张说(667—730)：唐文学家。字道济，一字说之，洛阳人。官至尚书左丞相。

③ 花萼楼：即花萼相辉楼。唐玄宗登帝位后，以

自己的旧宅修建兴庆宫，并在宫内建花萼相辉楼，楼名取《诗经》“棠棣之华”之意，喻兄弟合欢友好。

④ 龙衔火树：一种花灯的名称。

⑤ 鸡踏莲花：一种花灯的名称。

⑥ 三五：即十五，元宵节。春台：春日登眺览胜之处。这里指皇宫搭起观灯的看台。

⑦ 西域：指西方。我国的元宵灯会源自西方点灯敬佛的做法。灯轮：即走马灯，一种大型的灯彩。唐初睿宗时期，每逢正月十五、十六晚上，长安都要举行盛大的灯会，安福门外搭了一座高二十丈的灯轮，上面用锦绮包裹，用金银装饰，还要燃起五万盏彩灯。

⑧ 东华：泛指朝廷。金阙：指天子居住的宫阙。

## 上元夜忆长安①

［唐］顾况

沧州老一年②，老去忆秦川③。
处处逢珠翠④，家家听管弦。
云车龙阙下⑤，火树凤楼前⑥。

今夜沧州夜，沧州夜月圆。

【注释】

① 上元：即元宵节。

② 沧州：在今天河北省与山西省之间。作者写此诗时正在沧州，因此元宵之夜回忆都城长安。

③ 秦川：今陕、甘秦岭以北的地方。即长安所在地。

④ 珠翠：珍珠与翠玉。

⑤ 云车：以云彩为装饰花纹的车子。亦泛指华贵之车。龙阙：帝王的宫阙。

⑥ 凤楼：指宫内的楼阁。宋·张孝祥《忆秦娥·上元游西山作》词："元宵节，凤楼相对鳌山结。"

## 鹧 鸪 天[①]

[宋] 向子諲[②]

有怀京师上元，与韩叔夏司谏、王夏卿侍郎、曹仲谷少卿同赋[③]。

紫禁烟花一万重[④]，鳌山宫阙倚晴空[⑤]。

玉皇端拱彤云上[6]，人物嬉游陆海中[7]。

星转斗，驾回龙[8]。五侯池馆醉春风[9]。

而今白发三千丈[10]，愁对寒灯数点红。

**【注释】**

① 鹧鸪天：词牌名。又名《千叶莲》、《半花桐》、《于中好》等。

② 向子諲（yīn）（1085—1152）：字伯恭，号芗林居士，临江（江西清江）人。

③ 韩叔夏：名璜，性刚强，后因忤逆秦桧被罢归。王夏卿：疑即王孝迪，靖康元年（1126）正月王孝迪任中书侍郎。曹仲谷：事迹不详。

④ 紫禁：古代以紫微垣为帝居，故称皇宫为紫禁，皇城为紫禁城。烟花一万重：形容春色浓郁。烟花：烟云与花朵。

⑤ 鳌（áo）山：元宵节之灯山。依晴空：指高耸入云。

⑥ 玉皇：指宋朝君王。端拱：端坐拱手，无为而

治。彤云：即红云，指朝臣所着的喜庆朝服。

⑦ 陆海：指物产丰富的地区，如大海无所不出。这里指繁华的汴京。

⑧ 驾回龙：皇帝起驾回宫。

⑨ 五侯：本指五人同时封侯。汉朝时同时封五侯者颇多，后泛称为权贵之家。

⑩ 白发三千丈：用李白《秋浦歌》成句，表示忧愁极深。

## ［越调］小桃红·江岸水灯[1]

［元］盍西村[2]

万家灯火闹春桥[3]，十里光相照。舞凤翔鸾势绝妙[4]，可怜宵[5]，波间涌出蓬莱岛。香烟乱飘[6]，笙歌喧闹，飞上玉楼腰[7]。

**【注释】**

① 小桃红：曲牌名。水灯：装饰在江边的灯笼。

② 盍西村：生卒年不详，盱眙（今属江苏）人。元

散曲作家。

③ 闹：使……热闹、欢乐。

④ 舞凤翔鸾：指凤形和鸾形的花灯在飞舞盘旋。凤、鸾，都是吉祥美丽的鸟。

⑤ 可怜：可爱。

⑥ 香烟：指灯火的光辉及烟火。

⑦ 玉楼：华丽的高楼。

## 元夕无月

［清］丘逢甲[①]

三年此夕无月光[②]，明月多应在故乡。
欲向海天寻月去，五更飞梦渡鲲洋[③]。

**【注释】**

① 丘逢甲（1864—1912）：字仙根，又字吉甫，号蛰庵、仲阏、华严子，别署海东遗民、南武山人、仓海君。祖籍嘉应镇平（今广东蕉岭），生于台湾苗栗。甲午战败，清廷割让台湾，日军占领台湾，丘逢甲任全台

义军大将军，率义军与日寇血战，兵败后内渡。内渡之后的诗中都有无法化解的台湾情结。

② 三年：这首诗写于 1898 年，他离开台湾是 1895 年，至此已有三年。这句说，接连三年的元夕都没有月光。

③ 鲲洋：指台湾海峡。台湾南部有七鲲身、鹿耳门两个海口，都以海涛著称。这里用“鲲”来代指台湾。